3, 王妃様の胸にダイブして、
おっぱいソムリエ覚醒!
「おほーっ!」

1, 大好きな姉の
貞操を確認!
「よしよし」
2, 金髪ロリと一緒に
指輪のおまじない。
「おんなのこ、えいえん、ともだち」
おっさん姫の
百合色ウハウハDays
Ossan Hime no Yuriiro
Uhauha Days

はなせぇぇぇ
ちゅうたん!?
ぷる
ぷる
ぷる

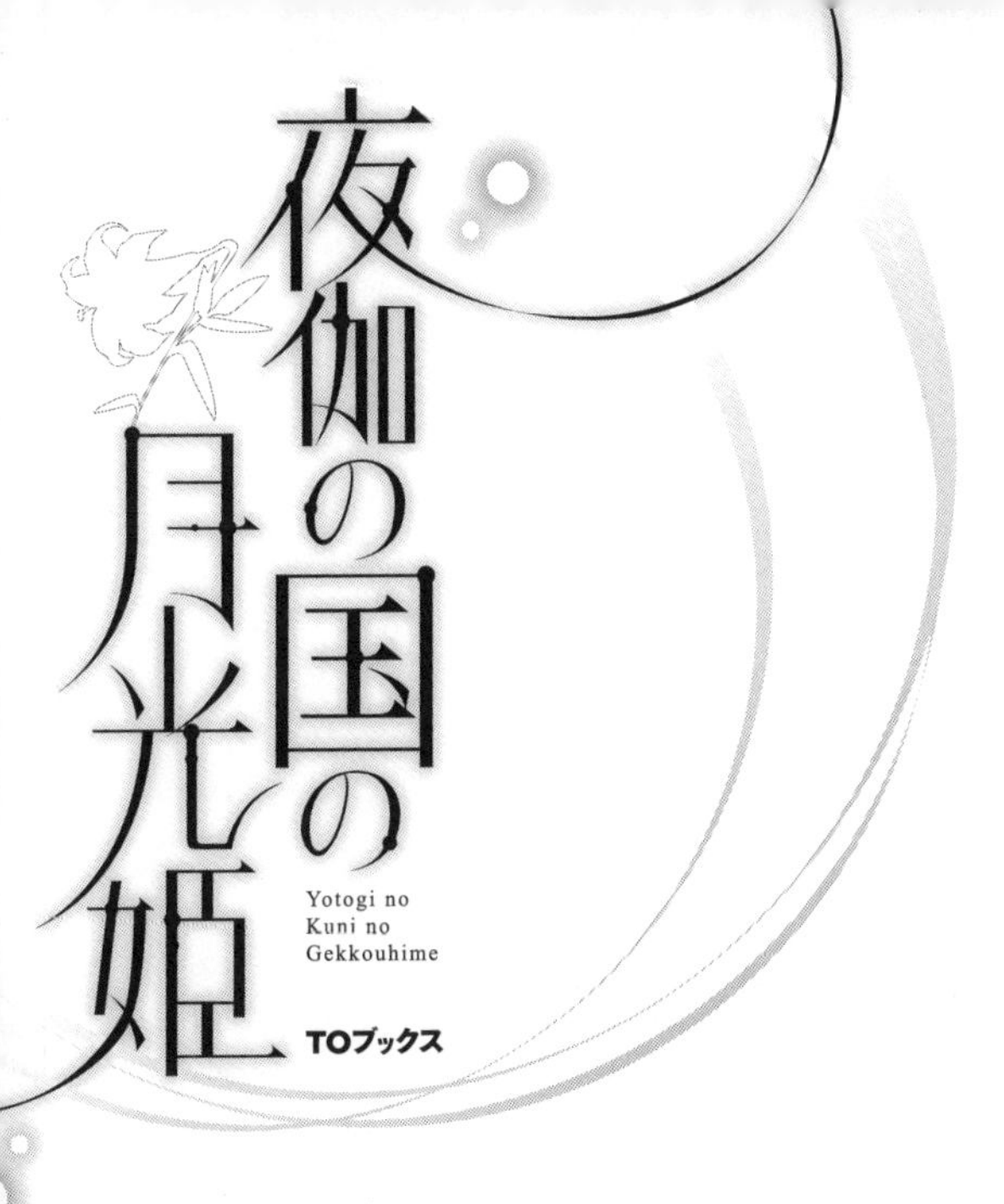

夜伽の国の月光姫

Yotogi no
Kuni no
Gekkouhime

TOブックス

Umidori Aono
青野海鳥
Illustration miyo.N

夜伽の国の月光姫

Yotogi no
Kuni no
Gekkouhime

Illustration ―――― miyo.N
Design ―――― 5GAS DESIGN STUDIO

CONTENTS

掃き溜めの姫 ―― 004
鼠の執事 ―― 016
楽園 ―― 026
聖王子ミラノ＝ヘリファルテ ―― 039
献上品 ―― 052
獅子身中の虫 ―― 065
大きな森の小さな巨獣 ―― 078
ある晴れた昼下がり ―― 088
世界の支配者 ―― 104
プリンセス・オブ・プリンセス ―― 115
永遠の友達 ―― 135
ヘリファルテの晩餐会 ―― 153
聖王子暗殺計画（前編） ―― 169
聖王子暗殺計画（後編） ―― 182
セレネとマリーの勉強会 ―― 201
祝福の女神 ―― 211
ヴァルベールの姫君 ―― 224
エピローグ ―― 243

番外編　守るべきもの ―― 249

あとがき ―― 262

掃き溜めの姫

夕暮れの西日の射す中、一人の女性が歩いていた。

豪奢な真紅のドレスに身を包み、金糸のような長い髪には小鳥をあしらった髪飾りを着けている。その身につけた衣装はもちろんの事、背筋を伸ばし堂々と歩くその姿。歩き方一つを見ても、彼女が高貴な身分である事は誰の目にも明らかであろう。

だが彼女、アルエ＝アークイラ、アークイラ王国第一王女は、その姿には似つかわしくない場所を目指していた。それは王宮の片隅の森の中にある、小汚い石造りの建物だ。建物の入り口に立っていた年老いた庭師は、アルエが近づいてくるのに気が付くと、慌てて駆け寄り臣下の礼を執った。

「これはこれはアルエ様。一体どうなされたのですか？」

「ちょっと時間が出来たから、パーティーの準備から抜け出してきたの」

アルエは悪戯をした子供のように、可愛らしい桃色の舌を出して答えた。

彼女は第一王女という立場でありながら、召使いに対して尊大な態度を取らない。アルエを子供の頃から知っている庭師に対しては、なおさら砕けた態度を取る。庭師のほうもアルエの年相応の少女らしさに、その皺だらけの顔をさらに歪めて微笑み、窘めるように軽口を叩く。

「いけませんなぁ。今宵は大国の王子を迎える大事な催しがあるのですぞ。王女である貴方様がそのような事をされては」

「あんな堅苦しい行事、本当なら出たくないわ。それに本来参加すべき王女なら、もう一人いるでしょう」

「うむ……」

アルエが少し強い語調でそう言うと、庭師は困ったようにもごもごと口を動かした。これは本来、決して口外してはならない事。現在のアークイラ王国の正当な血族は、国を治める女王、そして一人娘のアルエしかいない。表向きはそういう事になっているからだ。

「ごめんなさいね。貴方を責めるつもりは無いの。ただ、あの子をこんな場所に押し込めておいて、私一人が華やかな場所に出ていると考えると、ね」

「アルエ様は、お優しいお方ですな」

「優しくなんかないわ。仮に優しくても、それだけじゃ駄目よ。私はあの子を慰めてやる事しか出来ないもの」

自嘲するように美しい顔を俯かせ、アルエは呟く。

「もう陽が落ちます。セレネ様も、もうお目覚めになっている頃でしょう」

「お母様には……」

「ええ、もちろん内緒にしておきますとも。我々に出来る事はその程度ですからな」

「ありがとう」

アルエが礼を言うと、老人は真摯な態度で踵を返し、建物の入り口の鍵を開ける。錆び付いた鉄のドアがきしむ音と共に、かび臭い空気が鼻に付いた。いつ来ても慣れない不快な臭いに、アルエは一瞬顔をしかめたが、そのまま薄暗い石造りの廊下を抜け、二階へと続く階段を登る。

この建物は、既に価値の無くなった骨董品や壊れた物、使用人の掃除用具などを入れておく倉庫だ。部屋の数はそれなりに多いが、大したものは置いていないため、清掃や管理はそれほどされていない。

そんな王宮の掃き溜めのような場所。

しかしその最奥には、明らかに他とは違う一つの扉があった。

腐りかけた木製の扉と違い、頑丈に作られた鉄の扉には、幾何学的な紋様が描き込まれていた。アルエはその模様に手を伸ばす。すると模様は淡い燐光を放ち、ガチャリと音を立てて鍵が開く。盗賊などの侵入を防ぐため、国家に関わる重大な秘密を守るために使われる魔術。そしてそれは、王家の血を引く人間のみしか解除出来ない特殊な封印であった。

鍵が開いた事を確認しても、アルエはすぐにドアを開けず、鉄の扉を軽くノックする。

「セレネ、セレネ、起きてるかしら?」

「おきてる」

アルエが優しくドア越しに声を掛けると、中から天使が歌うような返事が返ってくる。

その愛らしい声に頬を緩めながら、アルエはゆっくりとドアを開く。

ドアの先は、小さな、本当に小さな部屋――と言うより、牢獄と言ったほうが正しい殺風景な空間だった。簡素なベッドに最低限の生活用品、明り取りのための小窓が一つだけ。

その部屋の真ん中に、粗末な衣服に身を包んだ少女がちょこんと立っていた。

寝起きだろうか、眠そうに目を擦り、柔らかな白髪には少し寝癖が付いている。アルエは苦笑すると、頭を撫でながら、手ぐしでその寝癖を直す。

彼女の名はセレネ＝アークイラ。

決して表沙汰にされない、この国の第二王女である。

「ねえさま、きょう、いそがしい。だいじょうぶ?」

単語を繋げるような、たどたどしい発音でそう答えながら、セレネと呼ばれた少女が姉の元へと近づき、真紅の瞳で姉をじっと見上げた。気遣うようなその瞳を見ていると、アルエはいつも心安らぐ。彼女を王女としてではなく、純粋に女性として接してくれる者はセレネだけだ。そして、そんな心優しい妹が、このような場所に押し込められている事実に憤慨するのだ。

セレネは外見からして異質な存在であった。

アルエも母も金髪碧眼であるのに対し、セレネは全身にほくろ一つ無く、髪からつま先に至るまで、全身が透けるような白色だった。

絹糸のような純白の髪を肩の辺りで綺麗に揃え、肌は真珠のように滑らか。

神の愛を一身に受けたような類稀(たぐいまれ)な美貌には、ルビーをはめ込んだような双眸(そうぼう)が輝いている。まだ八歳、花の蕾(つぼみ)であるにもかかわらず、どれだけの大輪の花となるのか誰も予想出来ない。セレネの異質さが外見上だけのものであったなら、不気味ではなく、天使が降臨したと噂されていたであろう。

では何故、彼女は秘匿(ひとく)されてしまったのか。

その原因は、セレネの言動にあった。セレネは、行動が妙に大人びているのだ。

生まれてから夜泣きもせず、母親に甘えるような素振りも無い。生まれたその瞬間から、常に何かを窺(うかが)うような視線を世界に向けていた。

誰に教えられた訳でもないのに、自分で服を畳んだり、食器を片付けたり、部屋を綺麗に掃除したり、大人を困らせるような事は全くしない。おおよそ子供らしさという物が皆無だった。

その割に、言葉は殆ど喋(しゃべ)る事が出来ない。

殆どの子は三歳にもなればある程度喋れるようになるのに対し、セレネは未開の国の人間が、かろうじてコミュニケーションを取れる程度の片言の会話しか出来ない。

特に、セレネと母子として触れ合う女王からすれば、セレネの行動は常軌を逸していた。二本の木の枝で物を挟んで食事をしたがるなどは可愛いもので、ナットーという食べ物が無いかと執拗に尋ねてきた事もある。どんな食べ物かと聞けば、腐った豆だという。そんなものを食べたがる我が娘を、溝鼠(どぶねずみ)の生まれ変わりかと思ったほどだ。

五歳を過ぎても執拗(しつよう)に授乳を要求するのも、可愛いというより不気味であった。ろくに言葉も喋れず、乳離れも異常に遅い。姉であるアルエがごく普通だった事もあり、セレネの異常性がより際立って見えた事もあるだろう。

セレネの言動の一つ一つが、異常、奇怪、不気味として取られても仕方の無い事だった。結果、実の母である女王は、セレネを娘というより、得体の知れない化け物のように扱い、存在を抹消(まっしょう)する事にした。

だが、女王とて人の子、たとえ異形の怪物だとしても、自らの腹を痛めて産んだ娘を殺す事までは出来なかった。血の繋がった親子、そして王家の血を引いているというか細い糸が、セレネにとっては命綱であったのだ。

そうして女王はセレネが五歳になった時、王宮の隅の暗い檻へ押し込め、封印という名の蓋をした。この狭苦しい空間がセレネにとっての世界の全てであり、唯一生存を許される場所となったのだ。その事を思うたび、アルエは身を引き裂かれるような思いに駆られる。

「ねえ、セレネ。お姉ちゃんがパーティーに出る理由、知ってる？」

「うん。おうじさま、おむかえする。わたしのために」

アルエがセレネに聞き取りやすいようにゆっくりと話し掛けると、セレネは間髪(かんぱつ)を容れずに答えた。セレネは言葉が上手く喋れないので、彼女を知るものには、知能に問題があるのではという烙印を押されているが、それは妹を表面でしか見ていないからだと、アルエは理解していた。

自分がセレネの年齢の頃は、こんなに迅速(じんそく)に意味を察する事など出来なかったのだから。

「パーティー、出たいわよね……ごめんなさい。今の私の権限では貴方をここから出してあげられないの」

唇を噛(か)み締めながら、アルエはセレネの両肩に手を置き、申し訳無さそうに謝罪した。

その手にそっと小さな手を重ね、セレネは首を横に振る。気にしないでいい、というアピールだ。

「でたくない。わたし、ここ、おきにいり」

「セレネ……」

その言葉を聞いて、アルエはさらに胸を締め付けられる。確かに、城で行われるパーティーは堅苦しいものであるが、女の子なら誰もが憧れる華やかなものだ。

まだ幼いとは言え、セレネは女の子、出たくないはずがないだろう。

けれどセレネは己の立場を理解し、アルエを気遣って敢えて出たくないと言っている。

否、言ってくれている。

「よく聞いてちょうだい、セレネ」

アルエの表情に真剣さが増す。先ほどよりも両手に力を籠めながら、言葉を選んで口を開く。

「今夜、私達の国へ来られる王子は、婚礼の相手を探して大陸中を旅しているの。大きな国の王子様よ。私がその王子様の相手に選ばれれば、その庇護を得られる事になるわ。つまり、私は今日の目玉商品なの。分かる？」

セレネは何も言わず、ただ頷く。八歳の子供には難しい話であったが、このくらいの駆け引きは理解出来る知恵がある事を、アルエはこれまでの付き合いで知っていたので、そのまま言葉を紡いでいく。

「今は女王陛下――お母様があなたをここに閉じ込めていて、私はそれに反対出来る力は無い。けれど、私が王子様の奥さんになって頼み込めば、貴方をここから出す事だって出来るかもしれない。そのために頑張るからね」

そう言って、アルエはセレネに希望を与えようとした。

だが肝心のセレネは眉間に皺を寄せるだけで、あまり嬉しそうではない。

「やめて」

「え⁉　ど、どうして？　牢屋から出られるかもしれないのよ？」

「でたくない。それに、アルエねえさま、しょうひん、ちがう」

その言葉は、アルエにとって衝撃的だった。

誰もが自分を王女としてしか見てくれず、自分を売り渡す事で大国とのパイプを繋ごうとしている中、これほど悲惨な環境にいる妹は、それでも純粋に自分を心配してくれているのだ。妹の真心に思わず涙がこぼれそうになるが、アルエはそれを何とか堪えた。

そんな彼女に対し、さらに衝撃的な言葉がセレネの口から放たれる。

「わたし、アルエねえさま、けっこんする。だから、おうじさま、けっこんダメ、ぜったい」

「えっ?」

あまりにも予想外なセレネの発言に、アルエはしばし呆けた後、ぷっと吹き出した。

「あのね、私達は姉妹でしかも女の子同士でしょ? 女の子と女の子は愛し合えないのよ?」

「できる。ゆりすきだから」

「百合? セレネは本当に百合の花が好きなのね」

「ゆりのはなちがう、ゆり、すき」

アルエは首を傾げる。セレネはたまに不可解な台詞を言うのだが、百合が好きだという言葉に何の意味があるのだろう。理解出来ないでいたが、とりあえず自分を好いているという事は確かなようなので、それで良しとした。

哀れな境遇の妹が、優遇されている自分を恨まず、それどころか身を案じてくれている。そう考えると、アルエは妹のために頑張らねばという気力がますます湧いてくるのだ。

「待っててねセレネ。今は苦しいかもしれないけど、必ず貴方を輝く光の元へ連れ出してあげる。そうすれば、もう一人ぼっちでこんな場所にいなくてもいいのよ」

「わたし、ひとりぼっち、ちがうよ?」

何でも無さそうにそう言う妹を、アルエはただぎゅっと抱きしめた。

セレネは心優しく賢い子だ。恋をした事もない自分が、まだ結婚を望んでいない事を知っているのだろう。だから、王子に身売りなぞしなくて良い、自分を犠牲にしなくて良いと言ってくれているのだろう。

アルエはそんな妹の優しさに、なおさら燃え上がる。仮に自分が望まなくても、セレネのためならこの身など惜しくは無い、そう考えるのだった。

「よーし！　お姉ちゃん頑張っちゃうからね！　王子様をメロメロにして、セレネを絶対に解放してみせるわっ！」

アルエは素のままの姿をセレネに見せ、一人意気込む。

そうして色仕掛け、やった事ないなぁとぶつぶつ呟きながら、セレネの額にキスをして部屋を後にした。

アルエが出ると再びドアの模様が輝き、封印の鍵がガチャリと音を立てて閉まる。後に残されたのは、完全に陽が落ち、闇に閉ざされた部屋の中、額に手を当てにやついているセレネだけ――ではない。

『一人ぼっちとは心外でございますな。セレネ様には、有能な執事が付いているというのに』

唐突に、よく通るバリトンの声がセレネの頭に木霊（こだま）する。彼女は特に驚きもせず、声のしたほうへと視線を向ける。するとベッドの下から、彼女の手のひらほどの小さな影が素

早く飛び出し、セレネの前に現れた。

「いつも、ありがと、バトラー」

『何を仰られます！　このバトラー、姫様の恩に報いられるなら、命すら投げ出しますぞ』

「いのち、いらない。バトラー、いつものあれ、やりたい」

『楽園へ向かわれるのですね。畏まりました』

バトラーと呼ばれた影は、恭(うやうや)しくセレネに向かって一礼をする。

その仕草に対し、セレネは淡い微笑を浮かべる。彼女以外は誰も知らないが、このやり取りは、もう何度も行われていた事だった。

月光と静寂のみが支配する、閉ざされた部屋の、いつもと変わらないはずの一夜。

だが、この時既に、後に平和の使者——月光姫(げっこうひめ)と呼ばれるセレネ＝アークイラの物語は、ゆっくりと紡がれ始めていたのだった。

鼠の執事

セレネ＝アークイラには前世の記憶がある。

といっても特筆すべき事はそれほど無い。生まれた国は日本、今時珍しくも無い恵まれない凡人で、生前の性別は男性であったというくらいだろうか。いずれにせよそれらはもう過ぎ去ったものであり、今ここにいる存在は、セレネ＝アークイラ以外の何者でも無い。

アークイラ王国に生まれて間も無い頃、セレネは日本人としての記憶が、新しい人生においてきっと役立つであろうと踏んでいた。だが実際には、過去の記憶というものは、役立つどころかむしろ厄介な代物であった。八年の歳月を女性の体で過ごした事により、肉体的な違和感は消え去っていたが、問題は精神面である。

生まれた瞬間から過去の記憶を持っていたセレネにとって、実の母親は「血の繋がった知らないおばさん」であり、母親という女性に対し、どう接していいか分からず距離を置いた。

最初のうちは状況が分からなかったので、とりあえず下手に出ておこうと、何か失態を犯した時は、即座に土下座で謝罪をしていた。すると、「あの娘は叱られても人の目を見て謝らず、顔を伏せて地べたに丸くなる」と、逆に不快感を与えてしまった。

そうした日本人としての美徳とされる行動が、異世界ではことごとく、奇妙・奇怪に映る事に気が付いたのは、大分先の事であった。

言語に関しても、セレネにとっては難題だった。

六年間英語を学んだにも拘らず、万年ギリギリの単位しか取れなかった彼にとって、異世界の言語は、宇宙人との会話に等しいものだった。

まして普段から触れ合う人間が極端に少ないのだ、練習する機会も当然少ない。八年間の労苦により、かろうじてヒアリングは出来るようになったが、それを脳内で文法的に組み立て、口から発する技術は実践しなければなかなか上達せず、結果として幼児のような喋り方しか出来ていない。

そうした諸々の事情により、セレネは王女でありながら虜囚（りょしゅう）の身となったのだ。しかし、前世の記憶がセレネにとって完全な呪いであったかといえば、答えは否。セレネにとって過去世の残滓（ざんし）は、祝福でもあった。

もしもセレネが記憶を持たず、本当の幼子であったなら、このような抑圧された境遇に耐えられず、発狂してしまったかもしれない。だが過去世において天性の引きこもり体質であったセレネにとって、今の環境は極めて気楽な空間であった。

貴族にとっては不潔で狭過ぎると言われても、過去の自分が住んでいた集合住宅のゴミだらけの一室より遥かに広く清潔であったし、寝ているだけで三度の食事はきちんと運ばれてくる。時間に追われ、あくせくと働く必要も無い。

おまけに時折、可憐で優しい姉が自分に同情し、絵本のような書物やお菓子を差し入れしてくれたり、何より、いい香りのする柔らかな胸で自分を抱き締めてくれるのだ。クリスマスイブやバレンタインという言葉に殺意を持って生きていたセレネにとっては、監禁されておつりが来るほどであった。

つまり、この世界で一般的に地獄と呼ばれるこの牢獄は、セレネにとって天国だったのだ。だが、いくらセレネが生粋の引きこもり体質だとしても、数年もの間、一日中暗い部屋に一人で閉じ込められていてはさすがに参ってしまう。

アルエが来るのはあくまでお忍びという形なので、数日に一度来られれば良いという程度だ。だが、セレネは決して孤独ではなかった——近寄ってきた小さな黒い影に対し、セレネはそっと手を伸ばす。

「おいで、バトラー」

『はい。お呼びでございますかな。姫』

黒い影の正体は、セレネの手のひらに収まるほどの小さな鼠であった。

全身をつややかな黒い毛皮で覆われ、喉元から腹部にかけては真っ白な毛が生えている。天然のタキシードを着込んだようなバトラーと呼ばれた鼠の胸元には、赤いリボンが結んであった。これは、セレネがバトラーに与えたものだ。

『何とも惜しい事でございますな。姉君もお美しい方でございますが、姫ほどの麗(うるわ)しき者が舞踏会に出られぬとは……』

「でたくない」

バトラーが忌々しげに呟くが、セレネは表情を変えずゆっくりと首を振る。強がりではなく、対人恐怖症の彼女にとって、社交界など絶対に出たくないのだ。

『しかし姫！　このバトラー、やはり納得が行きませんぞ！　姫ほど聡明でお優しき方が、何故このような扱いを受けるのです。人間共が害獣と呼ぶ私に手を差し伸べてくれたのは、貴方様だけなのですぞ！』

「わたし、やさしくない」

興奮するバトラーに対し、セレネはあくまで冷静だった。実際、バトラーとの最初の出会いはロマンチックでも何でもない。部屋の隅にある鼠捕りの罠に引っかかっていたバトラーを、セレネが外してやっただけだ。

狭苦しい罠の中に押し込められ、怯える黒い鼠を見て何となく共感を覚えたのと、あまりにも暇だったので、隠れてこっそり飼おうと思いついただけだった。

『私の命を救い、力を分け与え、知恵を授けてくれた慈悲深き姫。ああ、私に竜の力があれば、このような牢獄など簡単に破壊してみせるのに！』

セレネの手のひらの上で前足を組み、詩人のように嘆くバトラーがおかしくて、セレネは微笑んだ。命を助けたのはともかく、セレネはバトラーに知恵や力など与えた気は無かった。知らぬ間にそうなったのだ。

この世界の王族の大多数は「魔力」と呼ばれる特殊な力を持っている。

呪文を唱え、火球や氷で攻撃したりする、いわゆる「魔法」のようなものではないが、身体能力を強化したり、傷の治癒を早めたり、人によって所持する能力は変わるが、セレネを閉じ込めている扉の封印もその応用だ。

王家の血を引くセレネには、当然その能力があったが、その事は当人すら知らなかった。セレネと寝食を共にし、セレネの食べ残しを餌として与えられていたバトラーは、セレネの魔力も体に取り込んでいた、そうしているうちに、いつの間にか知恵と魔力を持つ鼠になっていたのだ。だからバトラーが突然喋り出した時は、セレネは飛び上がるほど驚いた。それからバトラーは、セレネにとってかけがえの無い友人となった。

そんなある日、彼は名前が欲しいとセレネに懇願した。セレネは白黒の外見から、彼に執事(バトラー)という名を与えた。それ以来、バトラーは常にセレネの横に侍(はべ)り、本物の執事のように付き従っている。

「そのはなし、もういい、らくえん、いきたい」

『おお、そうでしたな！　では早速準備せねばなりませぬな。姫、では扉を』

「うん」

バトラーに促され、セレネは鉄の扉ではなく、明り取り用の小さな窓の前に立った。

精一杯につま先を伸ばし、建て付けの悪い窓を押し上げると、青白く輝く満月が見えた。

『今宵は良い月ですな。姫の行く道を柔らかに包み、照らしてくれる事でしょう』

バトラーはセレネの肩から軽業士のように飛び降りると、きぃ、と小さな声で鳴いた。

その直後、セレネの開け放った窓から大量の鼠達が部屋へとなだれ込む。彼らは普段は森に住んでいる鼠達で、バトラーをリーダーと崇めている。

セレネ姫親衛隊。バトラー曰く、そういう事になっているらしい。

『お前達、ちゃんと身は清めてきたな？　姫のベッドに抜け毛一つ残してはならぬぞ！』

バトラーが凛とした声で指示を出すと、鼠達は敬礼するように鳴き声を返し、一列に整列し、セレネの寝ていたベッドへと潜り込む。

数秒もしないうちに、セレネの掛けていた毛布が盛り上がり、少女が毛布に包まって寝ているような形になった。気休め程度だが、セレネがいない間の偽装工作である。

「じゃあ、みがわり、おねがい」

『畏まりました。では、良きお時間を』

この部屋において、外界へと通じる出口は二つあった。一つは魔力で固く封印された鉄のドア、そしてもう一つが窓である。安普請の倉庫ではあったが、二階にあるこの部屋から地上までは、大人でもよじ登る事が出来ないくらいの高さはある。まして、幼いセレネが何の手がかりも無しに降りる事などまず不可能だ。

――そう、手がかりが無ければだが。

「んしょ」

セレネは窓から身を乗り出し、手近な蔦をぐいぐいと引っ張る。その蔦はとても頑丈で、華奢な少女の体など、優に数人は支えられるであろう。

セレネのいる場所はいわば隠し部屋であり、ごく一部の人間しか近づく事を許されていない。庭師も老人が一人いるだけなのでとても手が回らず、セレネの住む周辺は、何年もの間ろくに手入れをされていない。

その結果、セレネの住む部屋の壁の側面には、植物から伸びる蔦にびっしりと覆われていた。幾重にも巻きついた蔦は、セレネにとって天然の梯子となった。それはまるで、哀れな幼子に同情した森の神が、セレネに救いの手を差し伸べているようにも見えた。

そうしてセレネは窓からするりと抜け出し、蔦を頼りに壁を降りていく。最初の頃はおっかなびっくりだったが、今となっては手馴れたもの。大して時間も掛からず、セレネは柔らかな草の上へと降り立ち、森の木々から放たれる、清らかな空気を肺一杯に吸い込んだ。

体に色素を持たないセレネにとって、眩し過ぎる太陽の光は逆に害毒となる。けれど淡い月光は、セレネを優しく包み込んでくれる。自分以外に誰もいない、おとぎの国のような夜の世界において、セレネは支配者となれるのだ。

着地したセレネが一歩を踏み出した時、木々の向こうに、雅やかな音楽と、夜でもなお眩い輝きを放つ王宮が見えた。いつも煌びやかな空間であるが、今日はいつにも増して煌々(こうこう)と照らされている。今頃、件(くだん)の王子様とやらを迎え、盛大な歓迎パーティーが開かれている事だろう。

「せいおうじ……」

そう呟くと、セレネは苦虫を噛み潰したような表情になった。

王子については、アルエから過去に何度か聞かされた事があった。眉目秀麗(びもくしゅうれい)、文武両道、かつ大国の王子という冗談みたいな肩書きで、巷(ちまた)では聖王子などと噂されているらしい。その男は、どうやら己に見合う相手を探すために、大陸中を駆け回っているのだとか。

その話を思い出すたびに、セレネは腸(はらわた)が煮え立つような怒りを覚える。それだけのスペックがあれば、自分で探さなくても、嫁など掃いて捨てるほど集まるだろうに。

世の中のもてない男性の気持ちを誰よりも深く知っているセレネは、憎憎しげに舌打ちする。

「おのれ、せいおうじめ」

なんたる放蕩王子。きっと聖王子などと言われつつ、実際には性王子に違いない。一度も会った事が無い癖に、セレネは勝手にそう決め付け、勝手に憤慨した。

「ねえさま、だいじょうぶかな……」

聖王子が性王子であっても自分には関係が無いが、セレネは姉の事が気がかりだった。あの優しく清らかな姉姫が、自分のために早まった行動に踏み切り、毒牙に掛かってしまうのではないか。

とは言え、今の自分に出来る事は何も無い。セレネにとっては、王子様も、華やかなパーティーも、それこそおとぎ話の宮殿のような絵空事に過ぎないのだから。

セレネはため息を吐き、頭を振って気持ちを切り替える。自分が外を動き回れるのは、誰も見ていない夜明け前までの時間帯だけなのだ。手の届かない空想の世界より、現実の楽しみを優先させたほうが良い。

目指す場所は、セレネとバトラーが「楽園」と呼ぶ場所。

セレネは後ろ髪引かれる思いを振り切ると、勝手知ったる森の奥へと足を進めた。

楽園

日課の脱獄を成功させたセレネは、静謐（せいひつ）な森を歩いているうちに思考が纏（まと）まり、気持ちが段々と落ち着くのを感じていた。、愛する姉が性王子の餌食になる可能性は極めて低いという結論に至ったからだ。

アルエがたまに差し入れをしてくれる本は、教育を受けられないセレネのために、簡素な地図や歴史などが載っている絵本が多かった。子供向けの嗜好品（しこうひん）から得られる知識などたかが知れているが、それでもこの大陸の、ある程度の情報は引き出せた。

与えられた書物からセレネが気付いたのは、偉そうに大陸で幅を利かせている王子の国、確かヘリファルテ王国とかいう場所に対し、セレネの住むアークイラ王国は、大陸の南端に申し訳程度に記されているという事だった。

簡単に言ってしまえば、自分が住んでいる国はド田舎だったのだ。

セレネにとって、アルエは慈愛の大天使であったが、諸国の綺麗どころを物色している放蕩王子が、小国の素朴なアルエを相手に選ぶとは到底思えない。スーパーカーを何台も持つ大都会の若社長が、限界集落まで来てスーパーカブを買う事などないだろう。そう思うと気が楽になり、セレネは軽い足取りで目的地を目指す。

夜の森を少女一人、月明かりのみを頼りに歩く行為は危険極まりないと思うかもしれないが、セレネは全く怯えていない。何故なら彼女の周りには、大量の鼠達が付き従っているからだ。

鼠達のまとめ役であるバトラーは、セレネの身代わり役を監視するため留守番をしなければならないが、バトラーの配下にある森鼠達は、森を熟知しており、セレネの護衛兼先導役であった。彼らはその数の多さを最大限に活かしたネットワークでセレネに危害が及ばないよう、危険な生物や、触れたらかぶれてしまう毒のある植物などを逐一セレネに教えてくれる。

お陰でセレネは、目をつむっていても、鬱蒼(うっそう)とした森の中を悠々と歩く事が出来るほどだ。

「ついた」

そうしてしばらく歩き続け、王宮の人間すら滅多に近寄らない森の奥、セレネは足を止めた。

木々が乱立する森の中、ここだけは青々とした丈の低い草地が広がり、色とりどりの花が咲き乱れている。その中心部には小さな池があり、静かな水面には満月の姿が浮かんでいた。この小さな箱庭のような空間こそ、セレネが「楽園」と呼んでいる場所だった。

「ええと、たね、たね」

セレネは粗末なドレスの胸元に手を突っ込み、丸く茶色い小さな粒——植物の種を取り出した。食事の際、野菜や果物の種を見つけると、セレネはそれをこっそり保存しておいた。そのままセレネは適当な場所を見繕い、ふかふかの土を両手で掘り返し、その種を放り込んでいく。

過去世から、友達のいないセレネは植物や動物を育てる事が好きであったが、ベランダすらないアパートの一室ではろくに出来ず、小さな鉢植えを申し訳程度に並べておく事が精一杯だった。

しかし今は、夜中限定ではあるものの、広大な土地を好き勝手に弄(いじ)れるのだ。そういう意味でも、今の境遇はセレネにとってまさに楽園であった。

少女一人で全て管理出来る訳も無く、単に穴を掘って種を埋めるだけ。リスと同レベルのいい加減さではある。肥沃な土と南方の気候のお陰で、植物達はどんどん成長してくれた。しかし、よく目を凝らして見ると、同種でありながら、明らかに他のものと比べて大きいものも存在する。

「どーぴんぐ、かいし！」

セレネは気合を入れなおし、種を植えた場所を、心臓マッサージのような体勢でぐいぐい押す。すると、ほんの僅(わず)かに手のひらが淡く輝いた。種に対し、魔力を分け与えているのだ。

ある日、突然バトラーが喋り出してから、セレネはようやく自分に魔力という物があり、それを分け与える能力がある事に気が付いたのだ。

鼠に力を分け与えられるなら植物も出来るのではと思い、ここ最近、ようやくコツを掴んできた。目論見(もくろみ)通り、自分が力を注ぎ込んだ種は成長が早く、単純に植えたものよりも大きく育つようだ。ただし、疲れるので気が向いた時しかやらないのだが。

こうして、倉庫に監禁されてから数年の歳月をかけ、セレネは秘密の花園を作り上げたのだ。

「おわり。しゅぎょう、はじめ」

用意してきた種を全て撒き終わると、セレネは次の日課へと移る。池のほとりに移動し、目を閉じ、祈りを捧げるように跪(ひざまず)く。

これはセレネが勝手に考えた、自己流の魔術の特訓である。せっかく魔力という存在があるのだから、やはり自分も使ってみたい。けれど、誰もその方法は教えてくれないので、セレネは独自で何とかしようと考えた。

「ラーメン、ソーメン、コペンハーゲン……」

　知っている魔法っぽい単語を適当に並べ、セレネは自作のいい加減な呪文を詠唱する。

　何かこう、集中して祈りを捧げれば、大地の力とか、スピリチュアルパワーとか、そういった類の物で唐突にパワーが覚醒し、手から火球などが出せるのでは、そんな淡い期待を胸に、セレネは精神を集中させる。

　姉のアルエは難なく封印の扉を開ける魔力があるが、自分が触っても紋様が僅かに光る程度で、扉が開く事は無かった。自分を監禁するための扉なのだから当たり前なのだが、姉と比べて魔力の量が少ないのかもしれない。

　別にセレネとしては扉が開かなくても何の問題も無いのだが、隠れて修行を続ける事で魔力の量が増えたりしたら、姉に褒められるかもしれない。姉に「さすがセレネ」と言われたいだけの理由で、セレネは今日も無駄な努力に勤(いそ)しむのだ
　ただ、詠唱を数年続けても効果が出た事は無く、途中で面倒くさくなるので、いつも大体三分くらいでやめる。今日もそのトレーニングを終えた後、バトラーのために活きの良いバッタでも捕まえ、いつも通り帰還するつもりだった。

「何をそんなに祈っている？　それともそれは何かの歌かな？　麗しき月の精霊よ」

　唐突に背後から声を掛けられ、セレネはびくりと体を震わせ、慌てて後ろを振り向き、

驚愕に目を瞠った。

　セレネが自己流の祈りに集中している間、すぐ近くに一人の男が立っていたのだ。まだ青年と呼ぶべき年齢のようだ。すらりとした長身、月光の下でなお鮮やかに映えるプラチナブロンドの髪、それと同じ色の黄金の鷲の刺繍をあしらった、見るからに上質な素材で出来た、純白の礼服に身を包んでいた。

　だが、その顔立ちの美しさと比べれば、身に付けている諸々の装飾など霞んでしまう。それほどの美丈夫であった。セレネを怖がらせないためだろうか、青年は柔らかな笑みを浮かべ、ゆったりとセレネに近づいてくる。

「いきなり話し掛けた非礼は詫びよう。君の事をどうしても間近で見たくなってしまってな」

　詩人が歌うような声でそう言いながら、青年は形のいい唇を緩めた。女性であればその動作一つで、心まで蕩かされてしまう魅惑的な笑みだ。

　――女性であったならば、だ。

「キライ！」

　セレネは大声で美男子に拒絶の言葉を浴びせると、脱兎の如く駆け出した。

　少女の言動が予想外だったのか、青年はきょとんとした表情を見せたが、少女が背を向けて走り出したのを見て我に返り、慌てて手を伸ばす。しかし一瞬先に動いていたセレネは、青年の手が触れる寸前に素早く身を翻(ひるがえ)し、茂みへと飛び込んだ。

「待ってくれ！」

セレネの背後から懇願するような青年の声が聞こえ、追いかけてくる気配を感じる。けれどセレネは決して振り返らない。一心不乱に茂みの中を駆け抜け、青年の追撃を振りほどこうと必死だった。

ここが平地で、昼間であったなら、体力の無いセレネは簡単に追いつかれてしまっていただろう。だが既に視界は闇に塗り潰され、セレネにとってこの森は庭のようなもの。さして苦労する事なく、セレネは青年を撒く事に成功した。それでも足は止まらない、心臓が爆発しそうになりながら倉庫まで駆け戻り、鬼気迫る勢いで蔦を昇る。

『おお、姫！　随分とお早いお帰りで……』

窓のところで主の帰りをずっと待っていたバトラーは仰天した。主はいつも鼻歌交じりで帰ってきて、留守を守っていたバトラーや鼠達に土産を持ち帰り、優しく労(いたわ)ってくれるのだ。

だが今日の主はそうではない。ぜえぜえと荒い息を吐き、服も髪も乱れに乱れていた。そのまま力尽きたようにベッドへ倒れ込むと、セレネの身代わりになっていた鼠達が慌てて飛びのく。

『姫！　一体どうなされたのですか⁉』

「もう、なにもかも、おしまいだ！」

『何事です⁉　一体、何があったと言うのですかっ⁉』

森鼠達は驚いて窓から出ていってしまったが、バトラーは当惑しながらも、うつ伏せになった主人の枕元に駆け寄った。

これほどまでに取り乱す主人を見た事が無く、バトラーは、ベッドに突っ伏したセレネの周りを心配そうに歩き回る。

そんなバトラーに気を配る余裕が無いほど、セレネは憔悴しきっていた。

原因はただ一つ、森の中で出会ったあの青年である。あれが例の聖王子だという事は、噂でしか聞いた事のないセレネにもすぐに分かった。何故あの場所にいたかは不明だが、そんな事はどうでもいい。

「うう！　インチキ！　ずるい！　えこひいき！」

枕に顔を埋めながら、セレネは呪詛の言葉を吐く。一体あれは何なのだ。あれではまるで王子様ではないか。いや、実際に王子様なのだが、あんな乙女ゲームからハサミで切り抜いたような馬鹿げた存在が許されるのか。否、断じて許されてはならない。

噂には尾ひれ背びれが付くものだ。聖王子などという噂は、誇張表現だとセレネは高をくくっていた。だが目の当たりにした彼奴(きゃつ)は、まさにその二つ名に相応しい男だった。

姉のアルエは貞淑(ていしゅく)な天使であると信じているが、あんな美男子に言い寄られては、石で作られた女神像だって惚れてしまうかもしれない。

『姫、落ち着いて下され。森で何があったと言うのです？　このバトラーでよろしければ、相談に乗りますぞ？』

気遣わしげなバトラーの声もセレネの耳には入らない。今のセレネの脳内には、過去の光景が浮かんでいた。それは、過去のセレネが好んでやっていた類のゲームの内容だ。

美しい満月の下、穏やかな空気、年頃の姫様と王子様――はっきり言って出来過ぎたシチュエーションだ。そうして二人は唇を重ね、十八歳未満には見せられない行為に――。

「うわあぁぁぁぁぁあぁあああぁあああああっっっ!!」

『ひ、姫！　お気を確かに！』

セレネは脳内で想定される最悪のシチュエーションに身悶(みもだ)えし、髪を掻(か)き毟(むし)りながら号泣する。ああ、自分が大きくなったら、アルエ姉様と禁断の恋に落ちようと思っていたのに。横から来たトンビが油揚げを掻(か)っ攫(さら)ってしまったのだ。

「セレネ！　どうしたの!?　セレネッ！」

その声にセレネははっと顔を上げる。封印の紋様が輝きドアが開け放たれると、セレネにとって初恋の人、アルエが慌てて飛び込んできた。宴の最中なのに、何故彼女がここにいるのか理解出来ず、セレネは困惑し、バトラーは慌ててベッドの下に身を隠す。

「ねえさま、なんで……？」

「それは、その……それよりセレネ、その格好、一体どうしたの⁉」

「……なんでもない」

「何でもない訳ないでしょ！」

髪はくしゃくしゃ、服はよれよれ、セレネの様子は尋常ではない。そう判断したアルエは慌てて駆け寄り、セレネの頬に手を伸ばし、目を見開いた。何故なら、セレネの頬は涙で濡れていたからだ。母に見捨てられても平然としていた妹の涙を見るのは、これが初めてだった。

「泣いて、いたのね……」

「……うん」

仕方なくセレネは肯定した。貴方の痴態を想像して泣いていましたと答えるのはさすがに問題があり過ぎたし、泣いていないと言い逃れ出来る状況でもない。理由を聞かれる前に、セレネは何とか話を逸らそうと口を開く。

「あの、その、おうじさまと、どうしたの？」

王子への憎しみで頭が一杯だったので、今のセレネにはそのくらいしか話題が出せなかった。苦し紛れに紡いだ言葉に対し、アルエは沈痛な面持ちで口を開く。

「駄目だった……王子様は、私なんかに見向きもしなかったわ……」

「えっ」

「ごめんなさい……あんなに頑張るって言ったのに。お姉ちゃん、色仕掛け失敗しちゃった……」

まるで叱られる前の幼子のように、アルエは俯き、小さく呟いた。

夕方、あれだけ大見栄を切り、捨て身の覚悟で王子に挑んだのに、アルエは色々とやらかしてしまったのだ。そしてそれは、セレネにとって救いの糸が断たれる事を意味している。その事実が、どれだけ妹を落胆させる事になるか。

セレネは王子に媚を売らなくていいと言ってくれたが、それは、セレネの強がりであるとアルエは考えていた。その証拠にセレネは今、この部屋で泣いていたではないか。

普段は悠然とした態度で自分に接してくれる妹は、きっと毎晩こうしてつらさに悶えているのだろう。それなのに、自分は何もしてやれない。アルエの胸中は、悲しみに打ちひしがれているであろう妹への申し訳無さと、自責の念で一杯であった。

こんな情けない姉を妹はどう思うだろう。あれだけ偉そうな事を言ったのに、結局何も出来ないではないか、そう激しく糾弾されても仕方ない。アルエはそう身構えていた。

だが、そうはならなかった。セレネは不甲斐ない姉を糾弾するどころか、何故か満足げに頬を綻(ほころ)ばせたのだ。そのままセレネは体勢を立て直し、ベッドの上に腰掛けた。

「ねえさま、しゃがんで」

「え……？　こ、こうでいいかしら？」

セレネの指示通りアルエが床にしゃがみ込むと、ベッドに腰掛けているセレネとアルエの視線が合った。そして、セレネはアルエの首に手を回し、ぎゅっと抱きつく。

「ど、どうしたの？　セレネ？」

「じっとしてて」

有無を言わさぬ口調で、セレネはアルエの首に巻きつくようにしがみ付く。セレネの温かな体温が、緊張し、強張ったアルエの体に心地よく染み込んでいく。お互い無言のまましばらくそうしていたが、不意にセレネはアルエの耳元でこう囁(ささや)いた。

「よしよし」

その言葉を聞いた途端、アルエの胸に閉じ込めていた感情がどっと溢れ出す。セレネは、こんな不出来な姉に対し、幼子をあやすように「よしよし」と優しく声を掛けてくれた。

セレネは言葉を喋る事が苦手だ、だから、行動で気持ちを表す事が多い。罵声を浴びせられて当然の自分を、それでもセレネは抱き締め、許してくれたのだ。なんと慈悲深い妹だろう。アルエの目元に大粒の涙が浮かぶ。

「セレネ、ああ、セレネ……！　私、まだ諦めないわ……貴方のために、もっともっと頑張るから！」

「がんばらないで、おねがい」

「気を遣わないでいいのよ。私達、たった二人の姉妹じゃない。泣きたい時は、泣いてもいいのよ」

窮屈な社交辞令、慣れない男性の相手、疲れきっていたアルエにとって、心優しき妹の抱擁はとてつもない安堵感をもたらした。これではまるで、姉である自分のほうが年下のようではないか、そう思いつつも、アルエは妹（セレネ）の前でだけ、王女でなくなる事が出来る。それがたまらなく嬉しいのだ。

一方で、違う意味でセレネも安堵していた。子供のセレネに対し、アルエが大人の情事を済ませていて内緒にしているのではないか。それを確認するため、セレネはアルエの首元に抱きつき、柔肌を堪能しつつ、うなじや首元を入念にチェックした。

そして、キスマーク——王子の痕跡が確かに無い事を確認し、セレネは満足げにこう呟いたのだ。「よしよし」と。

アルエとセレネ、月光の細明かりが差し込む部屋で、仲睦まじい二人の姫君が抱き合う美しき姉妹愛を、バトラーはベッドの下から微笑ましげに見上げていた。

『ううむ、しかし、一体何が起こっていたのだ？』

人間のように顎(あご)に前足を当て、バトラーは探偵のように思考を巡らせるが、今夜の出来事は彼の想像の範疇(はんちゅう)を超えていた。だが、何はともあれ主は心の平穏を取り戻した。ならばそれで良いではないか。そう考え、バトラーは己を納得させた。主の心の領域をむやみに詮索(せんさく)しない事も、執事たる自分には必要なのだ。

さて、何故、パーティーに参加しているはずの王子が森の中にいたのか、アルエの身に一体何があったのか。話は少し巻き戻る——。

聖王子ミラノ＝ヘリファルテ

「では王女、お互い少し頭を冷やしましょう。私はこの緑豊かな庭園を少し散策させていただきますので」

室内に残る第一王女に一礼をし、後ろ手に扉を閉めながら、ミラノ＝ヘリファルテ、ヘリファルテ王国の麗しき第一王子は、物憂げな表情でため息を吐いた。

「随分と早い夜伽でござるな」

「……クマハチか」

扉から少し離れた所には、熊のような大男が立っていた。黒々とした髪を乱雑に伸ばし、もみあげと同化するほどに顔中は髭だらけ。身につけている藍染めの着物は随分と色は落ち、裾は擦り切れている。控えめに言って小綺麗な浮浪者にしか見えないのだが、その薄汚い着物の背には、ヘリファルテ王国の王族に関わる者しか付ける事を許されない、黄金の鷲をあしらった刺繍がしてあった。

「せっかくの晩餐会なのに、早々に主賓と第一王女が退場してしまい、皆、不満がっているでござる」

「王女に直接誘われたのだ。行かない訳にもいかんだろう」

「いやいや、何とも羨ましい話でござるな。拙者とてそれなりの身分であるのに、今まで全く綺麗どころに相手にされぬ」

「そんなみすぼらしい格好をしているからだろう。いい加減、正装をする事を覚えろ」

「これが拙者の国の正装であり、戦装束であり、死装束にござる。王子の側近として身を守る役目を仰せつかっておりますゆえ、いついかなる時にも機敏に動けなければ」

クマハチと呼ばれた大男は、悪びれずにそう答えた。

外見からして浮いているこの男、クマハチは大陸の出身ではない。海を渡った異国より、武者修行と称してやってきたのだ。どう見ても三十は過ぎているようだが、年齢は王子とさして変わらない。

いくらアークイラ王国が小国と言えど、このような男が王城の敷居をまたぎ、まして国で大々的に行われる宴に参加など許されない。それを可能にしているのが、汚らしい着物に不釣合いな紋章である。

ヘリファルテ王国のお墨付きとあれば、他国はただ黙って従わざるを得ない。

「アルエ姫と申したか、なかなかに美しい娘ではござらんか。で、味はどうであった？」

「どうもこうもない。いきなり寝室に呼ばれ、『さあ！　私を娶るのです！』と言われて押し倒された時は、食い殺されるかと思ったぞ」

「なんと、淑やかそうな外見に寄らず、随分と積極的でござる」

「そうではない」

ミラノ王子は被りを振った。

「あれは夜伽を望んでいない。その証拠に、ひどく震えていた」

「さすが『嫁探し』の旅を続けている王子にござる。旅立ち直後は戸惑うばかりであったが、夜戦の駆け引きも磨かれておられる」

「茶化すな。とにかく彼女とそういった行為はしていない。あれは何かに追い立てられているような、自分で望んでいない者の目だ」

「堅物でござるなあ。拙者なら、とりあえず据え膳は平らげるでござるが」

クマハチは笑いながら顎鬚（あごひげ）を撫でた。王子に対し随分な物言いだが、クマハチは王子の側近であると同時に、無二の親友でもあった。

武者修行と称し、大陸中を一人で旅していたクマハチは、ある日、ヘリファルテの兵士募集の知らせを聞き、ぶらりと王宮にやってきた。そうして試験が始まると、熟練の近衛兵を一瞬で叩きのめし、国王の度肝を抜いた。

当事のクマハチは王族に仕える気など毛頭なく、単に道場破り感覚で志願しただけだった。そのクマハチがヘリファルテに留まっているのは、国王からの強い要望と、何より、己に匹敵する使い手、ミラノの存在があったからだ。彼らは主従関係というよりは、武を学ぶ者としての好敵手という感覚が強かった。

「少し森に行ってくる。いい加減、猛禽（もうきん）のような女達に狙われながらの晩餐会はうんざりだ」

「いやいや！　主役が脱走するのはさすがにまずいでござるよ！」

「お前が何とかしておけ。それこそ姫と夜伽の最中だとでも言っておけば、他の娘達も黙るだろう」

有無を言わさぬ口調で言い放ち、ミラノは庭へ出て、そのまま森へ入っていった。新しい国に着くたびに、社交界に参加させられ、外面を取り繕う事にいい加減うんざりしていたのだ。少しくらいは息抜きせねば、いつ爆発するか分からない。

「何故こんな事になったのやら……」

ミラノは一人で文句を言いながら、殆ど手入れされていない、雑然とした茂みのほうを選んで分け入っていった。母国を出てからそれなりの時間が経ったが、自分の旅が「嫁探し」などと呼ばれる扱いに、彼は辟易していた。

獅子王と呼ばれる豪放磊落な父と違い、ミラノは母親似の優男である。そんな彼も今年で十八歳。若獅子となった彼に対し、父王はある命令を下した。それは、大陸を練り歩き、見聞を深めよという命である。「民草を知らぬ者に政など出来ぬ」という、彼の父の信念にミラノは深く同意した。

そうしてミラノは、大国の王子としては信じられないほどに粗末な馬車を選び、ごく少数の信頼出来る部下を連れ、諸国漫遊の旅へと出発した。多少の不安と、見知らぬ物に出会える好奇心に、彼の心は躍りに躍った。

しかし、その期待はあっさりと打ち砕かれる事になる。お忍びという形でこっそり出発したとは言え、彼が大国の第一王子である事は変わらない。そして、そんな彼に目通しする機会など、どの国も滅多にない事であった。

どの国もミラノ王子が到着するやいなや、こぞって大規模な歓迎パーティーを開き、王侯貴族は自慢の娘を王子に差し出した。大国の後ろ盾を得られるまたとない機会の上に、王子自体も文句のつけようの無い優良物件である。そうしないほうがおかしかった。

その噂は諸国へ広まり、見聞を広めるための旅は、いつの間にやら「嫁探し」と呼称され、一人歩きを始めた。噂には尾びれ背びれが付くものだが、さらに角や牙まで付き、王子に襲い掛かる怪物となってしまったのだ。王子という身分を忘れ、一介の旅人として諸国を漫遊したかったミラノは、これにひどく落胆した。

「……っと、少し奥へと来過ぎてしまったか」

不愉快な記憶を掘り返しているうちに、いつの間にやら森の奥地へと迷い込んでいたようだ。月明かりが照らしてくれているとは言え、辺りは闇だ。これ以上動き回ると余計に迷ってしまう。

「まあ、逆に良かったかもしれないな」

ミラノは苦笑する。自分が森に入った事はクマハチに伝えてあるし、たとえ猛獣が出たとしても、徒手空拳で撃退する程度の腕前はある。何より、王女との情事の火照りを冷ますため、森に入った結果迷ったと言えば、あの茶番劇に戻らない言い訳になるだろう。

　そう考えると実に気持ちが軽くなり、ミラノは手近な木に身を寄せる。こうして夜の闇に身を置いていると、聖王子などという渾名（あだな）を捨て去り、いっそこのまま野人として暮らしてしまおうか、そんな馬鹿げた考えすら浮かんでくる。それほどまでにミラノは今の境遇に参っていた。

「――。――。――。」

「何だ？　少女の声のようだが……」

　不意に、鈴を転がすような美しい声が、風に乗って彼の耳に届く。声質からして少女のもののようだが、こんな時間、こんな場所にいるはずが無い。幻聴だと思いつつも、王子はその声のするほうへ足を進める。

　――そして、それを見た。

「僕は……夢でも見ているのか？」

　思わずそう呟いてしまうほどに、その景色は幻想的だった。

　茂みの先の開けた場所、清らかな泉のほとりに、一人の少女が何かを祈るように跪いている。その穢れなき白磁（はくじ）の身体は月光に包まれ、蛍のように淡く輝いているように見えた。

月の精霊——そんな単語が頭の中に自然と浮かぶ。

そんな彼女を祝福するかのように、周りには大小様々な花が咲いている。殆どが名も無き花々であろうが、管理された薔薇園ばかり見てきたミラノにとって、ありのままの生命の躍動を感じさせる光景は実に新鮮であった。

「あの白き姿は……エルフか？　いや、あれはこの地域には生息しないはず……」

そう言って、彼は自分の考えを否定する。エルフという人に似た純白の種族は、遥か北方の「白き森」と呼ばれる地域に住んでいる。人間の生活区域に住んでいる訳が無いのだ。

ミラノの脳裏に二つの考えが浮かぶ。

この絵画のような光景に手を触れず、ずっと眺めていたいという感情と、目の前に広がる神秘に手を伸ばしたいという矛盾した欲望だ。迷いは一瞬だった。ミラノは後者を選択した。それほどまでに魅力的な少女であったのだ。

新雪を踏み荒らすような多少の後ろめたさを感じながら、ミラノはそっと彼女に近寄った。もしかしたら今見ているものは幻想で、声を掛けてしまえば魔法は解けてしまうのではないか。そんな緊張感を押し隠し、ミラノは口を開く。

「何をそんなに祈っている？　それともそれは何かの歌かな？　麗しき月の精霊よ」

自分でも歯の浮くような台詞だと思ったが、ミラノはこれまでの行脚で、女性が言われ

て喜ぶような台詞を強制的に覚えさせられてしまった。まさかこんな形で役に立つとは思わなかったので、ミラノは内心で苦笑する。

そこでようやく気が付いたのか、白き少女はびくりと身体を震わせ、自分を見て、真紅の瞳が零れ落ちそうなほどに目を見開いた。目の前にいる少女が幻などではない事に、ミラノは内心で歓喜した。

「キライ！」

だが、それも一瞬だった。神聖な儀式を邪魔した事を怒ったのか。少女は自分を睨みつけると、身を翻し森の奥へと駆け出そうとする。

「待ってくれ！」

反射的にそう叫び、手を伸ばすものの少女には届かない。何故か分からないが、彼女をここで見失ってしまったら二度と会えなくなる。そんな衝動に突き動かされ、闇夜の鬼ごっこが開始される。

（速い……！）

ミラノは細身ながら、鞭のようにしなる柔軟な筋肉を持っている。いくら慣れない森の中とは言え、その自分が全く追いつけないのだ。まるで先導者でもいるかのように、少女は木々の隙間をすいすいと駆け抜けていく。零れる月の光が反射し、白い髪がきらきらと輝く。それはまるで、森の中を光の妖精が飛んでいくように見えた。

そうしてしばらく追いかけっこを続けたが、二人の距離は徐々に離れ、ついにその白い輝きは見えなくなってしまった。

「……いないな」

かなりの距離を走ったが、ミラノは息一つ切らしていない。だが、自分で思っている以上に、漏れた言葉には苦渋の色がにじんでいた。茂みを抜けた先には、汚らしい倉庫のような建物があるだけで、あの可憐な妖精の姿は既に無かった。もしかしたら、本当に妖精だったのかもしれない。

そんな考えに捕われていたせいで、彼は木々の隙間から漏れる王宮の明かりに遅れて気が付いた。この場所は王宮から極めて近い場所であるらしい。もしかしたら、あの少女は迷える自分をここまで誘導してきてくれたのではないか。

「……ぁぁあぁぁ!!」

ミラノがそんな事を考えていると、不意にか細い悲鳴が彼の耳に聞こえてきた。胸から搾り出すような、悲しみに満ちた慟哭(どうこく)だ。あの少女の声だ、そう認識するや否や、ミラノは追い立てられるように倉庫の周りを探り出す。

「あれは……?」

注意深く周辺を確認し、ミラノは倉庫の裏側、一番日当たりの悪そうな位置にある窓が、一つだけ開いている事に気が付いた。ろくに手入れもされていないのだろう、壁には幾重にも重なる太い蔦が絡み付いている。

ミラノは手近な一本を手に取り、力を籠めて引っ張ってみた。大人の男性であれば不安だが、子供くらいならやすやす支えられるくらいの頑強さはありそうだ。

絡み付いた頑丈な蔦、不自然に開いた窓、消えた少女、ミラノの脳内でそれらの要素がパズルのように組み合わさっていく。

「ああ、いたいた！　王子！　いつまで遊んでいるでござる！」

ミラノの視界の端にクマハチが映った。クマハチは肩をいからせながら、憤懣やるかたなしといった感じで駆け寄ってくる。

「パーティー会場の女子達が、『お前はいらん。王子を出せ、王子を出せ』とやかましいでござる！　拙者、いい加減つらくなってきたでござるよ！」

「…………」

クマハチは割と本気で怒っているのだが、ミラノはまるで相手にせず、口元に手を当て、何かを思案するように固まっていた。

「王子！　聞いているでござるか！」

「クマハチ」

　王子は短くそう言い放つ。その真剣な響きにクマハチは面食らったが、一瞬後には真顔になった。クマハチはいい加減そうに見える男だが、主の心意気を瞬時に汲める男だった。そういった者でなければ、ミラノはクマハチを供に選んだりはしない。

「何かあったのでござるかな？　不審な影あれば、拙者、一刀の元に切り捨てようぞ」

「そうではない。少し相談したい事がある、耳を貸せ」

　そうしてミラノは、自分が体験した事を端的に話し、今後の展望を伝えた。クマハチは両手を組んで唸る。

「ふぅむ、にわかには信じられぬ話でござるが、拙者、王子がそういう類の作り話をせぬ事も知っておる。さて、どうしたものか」

「作り話でこんな話が出来るなら、僕は武芸を捨てて吟遊詩人にでもなるさ」

　王子がそう言うと、クマハチは「なるほど」と笑う。

「いずれにせよ、今宵は宴に参加せねばなるまい。楽しみがあれば、つらい事も乗り越えられようぞ」

「ああ、そうだな。では、決行は明日だ。クマハチ、頼むぞ」

「承知」

そう言って、ミラノとクマハチは連れ立って王宮へと戻っていった。

献上品

ミラノは猛牛の如く突っ込んでくる娘達を闘牛士のように回避し、晩餐会を乗り切る事に成功した。その翌日の昼過ぎ、ミラノはクマハチを連れ、ある男と挨拶を交わしていた。痩せぎすの神経質そうなこの男は、この国の宰相らしい。

「昨夜の晩餐会はお楽しみいただけましたかな？　わが国で最高のもてなしをさせていただきましたが」

「お気遣い感謝します。宰相殿」

楽しかった、と答えた訳ではないのだが、宰相は嬉しそうに笑みを浮かべた。こういった社交辞令はもう何度もしてきたが、自分に嘘を吐いている感覚に、ミラノは未(いま)だに慣れる事が出来ない。

「それは何よりでございます。つきましては、殿下に献上させていただきたいものがございまして」

ミラノは内心で「またか」と思いつつも、顔には出さなかった。これは、ある程度予想していた流れだったからだ。諸国を巡っている間、ミラノは娘達をやんわりと断り続けてきたが、もう一つ対処せねばならない事があった。

それがこうした「献上品」である。色仕掛けを第一の刃とし、第二の刃として豪奢(ごうしゃ)な贈り物をヘリファルテ王国の第一王子に渡し、媚を売ろうとするのだ。

これはある意味で娘達より厄介だった。下手に断ると相手の面子を潰す事になるし、最悪、国家間同士でのわだかまりを作る事になる。実権を持っている父であれば「いらん！」と突っぱねる事も可能かもしれないが、まだ王子であるミラノは、波風を立てないように、ほぼ全てを受け入れざるを得なかった。

だが、小さな馬車に積める量は限られており、馬車が宝物で一杯になる度に、いちいち母国へ戻る羽目になった。そのせいで旅の進行速度は予定より大幅に遅れ、ミラノとしては頭の痛い問題だった。

「アークイラは小国にございますが、緑豊かな大地がございます。この土地で育った馬は、農耕馬としても軍用馬としても実に優秀でございます。もしくは、最高級の鹿の毛皮で出来た……」

延々と続く自国アピールにうんざりしたミラノは、無礼だと思いつつも話を途中で遮る。

「贈り物もありがたいが、是非見てみたい場所がある。そちらへ案内してもらってもよろしいかな？」

「もちろんでございます。王子が望むのであれば、どのような観光地でも手配させていただく準備がございますので」

「ならば、早速向かうとしよう。クマハチ、供をせよ」

「御意」

そうしてミラノが宰相に告げた場所は、はっきり言って意味不明な場所だった。王宮の片隅にある、掃き溜めのような倉庫だったからだ。疑問に思いつつも、王子の要望であれば宰相は案内せざるを得ない。

「あ、あの、ミラノ王子。ここはただの倉庫にございますが？」

「ただの倉庫、か。ひょっとして、とてつもない財宝を収めているのではないかな？」

そう言った瞬間、宰相の頬がぴくりと動いたのを、ミラノは見逃さなかった。

「いえいえ、見ての通り、いらない物を放り込んでおく薄汚い場所にございます。ミラノ王子ほどのお方が足を踏み入れるような場所では……」

「どこでもいいと言ったではないか。それともあれは嘘にござるか？」

「いえいえいえ！　天下のヘリファルテ王国の来賓に、嘘を吐くなどとんでもない！」

「では問題ないな。早く扉を開けてもらいたいのだが」

若獅子と若熊に追い込まれた宰相は、仕方なさそうに庭師に命じ、入り口の扉を開けさせた。中は外見に違わず薄暗く、じめじめとしたかび臭い空間が広がり、ミラノとクマハチは不快そうに眉を寄せる。そのまま二階への階段を昇り、昨夜探り当てた位置から部屋を推測する。

（やはりな……）

ミラノが頷くと、クマハチも黙って頷き返す。倉庫の最奥には、他の部屋のようなボロボロな木の扉ではなく、頑強に作られた鉄製の扉があったのだ。

「随分と頑丈そうな扉ではないか。この国では、たかがガラクタ置き場にこれだけ金を掛けるのか」

「それは、その、ここは少し特別な部屋でございまして……」

「どう特別なのだ？　一つ説明してはくれないか」

「その権限は、私にはございませんので」

「それは珍妙でござるなぁ。宰相殿ですら説明出来ないほどの物を、何故このような掃き溜めに置いておくのでござる？」

ミラノとクマハチの波状攻撃に、宰相は冷や汗を流し答えあぐねていた。前門の虎、後門の狼とは、まさにこのような状況を言うのであろう。

「少し中を見てもいいか？」

「えっ？」

「中を見ていいかと聞いているのだ。この私、ヘリファルテ王国第一王子、ミラノ＝ヘリファルテがだ」

あえて恫喝するようにミラノは少し強い語気で言い放つ。彼は自分の権力を振り回す事は好まなかったが、このままではいつまで経っても埒が明かない。

脅迫めいた王子の要望に、宰相は首を縦に振るしかない。そうしてミラノが扉に手を伸ばすと、ばちり、と青白い火花が威嚇するように飛び散り、ミラノは手を引っ込めた。

「ふむ、封印か」

「魔術による刻印でござるな。拙者の見たところ、アークイラの国宝級レベルのものでござる」

「ええ、それは紋様封印にございます。見ての通り、アークイラ王国の一部の者しか開けられない仕組みになっているのです。ですので……」

開かないし、もういいでしょう、と言い掛けた宰相の言葉は、最後まで紡がれなかった。

「クマハチ」

「承知」

　ミラノがクマハチに短く促すと、クマハチは鉄の扉の前に立ち、腰に下げている太刀に手を伸ばした。他国の庭を歩くのに王子が武装するのは失礼にあたる。よってミラノは非武装であったが、護衛役であるクマハチは、帯刀する事を許可されていた。

「あ、あの、クマハチ殿、一体何を……」

「首と体を別れさせたくないのなら、離れているがよい」

　何が起こるかようやく理解した宰相は、転がるようにしてドアから離れる。クマハチは深く腰を落とし、鞘に収めたままの刀を振りぬく。

「キエエエエエエエエッッ!!」

　怪鳥の雄叫びのような奇声と共に、輝く白刃が解き放たれる。その剣の勢いは凄まじく、振りぬいた刃の起こす風とクマハチの気迫だけで、宰相は尻餅をつくほどであった。

　ぎぃん、という金属が擦れ合う音の後、クマハチは落ち着き払って居住まいを正す。

「どうだ?」

「もろい封印にござる」

　クマハチは不敵な笑みを浮かべ、刀を鞘に納めた。すると、それが引き金になったかのように、扉の刻印から凄まじい量の光が放出された。燐光はばちばちと火花を撒き散らし、悶え苦しむようにのたうち回っていたが、徐々に光の量は収まり、やがて完全に沈黙した。

「き、切った⁉　封印の扉を⁉」

「正確には、紋様を切ったのでござる」

尻餅をついたまま叫ぶ宰相に対し、クマハチはさも当然とばかりに説明した。魔術を無効化する手段として、刻まれている刻印や紋様、魔法陣などを削ってしまうというものがある。一箇所でも崩してしまえば、穴の開いた水筒の如く、そこから魔力が漏れ出し使い物にならなくなる。

理屈で言えば単純極まりないが、実際に行うのは生半可な事ではない。魔力を織り込まれた物質は、その刻印も含め、強度が数段跳ね上がる。まして紙や木ではない、鉄の扉だ。普通の人間なら刃を振り下ろしても傷一つつけられないどころか、逆に刃物が欠けてしまう。

異国の切れ味するどい刃、恵まれた体躯から繰り出される熊の豪腕、何より、居合いと呼ばれる磨き抜かれた技を兼ね備えたクマハチだから出来る荒業だ。常人が歯が立たない強固な物であっても、まるでバターでも切るかのように、彼はやすやすと切る事が出来るのだ。

「さて、鍵も開いたし、中を確認させてもらうとするか」

腰を抜かしたままの宰相を無視し、もはやただの鉄の扉と化したドアをミラノはそっと開く。そして、目の前に広がった光景に嘆息した。

「予想通り、だな」

部屋と呼ぶにもおこがましい牢獄のような場所の奥、全く似つかわしくない純白の少女が、粗末なベッドですやすやと寝息を立てていた。一呼吸置いて、クマハチと宰相も部屋に入り込む。

「さて、宰相殿、これは一体どういう事かな？　この子は一体何者なのだ？」

「ええと、その子は貴族の子なのですが、少々悪戯をしまして……」

「悪戯をしたにしても、この仕打ちは少々いき過ぎだと思うのだが。これではまるで罪人ではないか」

「い、悪戯だけではないのです。その子は少し体が弱いもので、こうして療養生活を……」

「体が弱い、か」

ミラノは昨日の追いかけっこを思い出し、随分と健康な病人もいたものだと、宰相の言い訳に苛立ちを覚えた。

「このような場所で療養でござるか。随分とかび臭く、風通しの悪い病室でござる」

クマハチも同じ思いなのだろう、皮肉るような口調でそう言い放ち、刀の鍔（つば）をキン、と鳴らした。それだけで気弱な宰相は狼狽し、洗いざらい全部喋ってしまった。一国の宰相としていかがなものかと思うだろうが、つい先ほど見せ付けられた圧倒的な武力に加え、大国の王子の要望だ。宰相にとって、それらは自国の女王を激怒させるより、遥かに恐ろしい事だったのだ。

そうしてセレネの生い立ちと、今の状況に至るまでの話を一通り聞き終わると、ミラノはふつふつと怒りが湧き上がってくるのを抑え切れなかった。

「セレネ姫、アークイラ王国の第二王女か……」

「この少女、確かに雪童子（ゆきわらし）のようでござる。内面が少し変わっている事も理解した。しかし、異質な物を弾くだけでは、何の解決にもならぬではないか」

クマハチもミラノと同じ気持ちなのだろう。いかつい顔をさらに険しくし、吐き捨てるように言う。ヘリファルテ王国の主義として「異質な物を極力受け入れる」というものがある。大国が大国である所以（ゆえん）は、ただ単に領土が大きいとか、武力に恵まれているといった単純なものではない。

巨大な物を動かすためには、大きな歯車、小さな歯車がきっちりと噛み合わねばならない。その事をミラノの父はよく理解していた。事実、その理念を貫かなければ、ミラノがクマハチという異国の友を得る事も出来なかったのだから。

「この子を解放する事は出来ないのか？」

「それは無理です！」

不機嫌なミラノに睨まれ、震えながらも宰相はそう答えた。ミラノも特に期待はしていなかったので、それ以上は言及しなかった。仮に女王に圧力を掛けて解放させたとしても、この娘が幸せになれる可能性が極めて低いと考えたからだ。氷のような蔑みの視線の中で、アルエ姫だけを頼りに生きていくには、か細い少女の精神にはいささか過酷過ぎる。

一方、話の中心である、か細い精神とやらのセレネは、彼らの事など全く気付かず爆睡していた。

昨日、姉の事が気がかりでろくに食事を取らず、その状態で全力疾走させられ体力を消耗。その後、久しぶりに長い間堪能出来たアルエの柔らかな感触が忘れられず、興奮して明け方まで寝付けなかった。そういった一通りのイベントが終わり、人心地着いたセレネは、朝食を多めに要求し、それを一気にかき込んだ。

要約すると、昨日はご飯も喉を通らず夜も眠れなかったので、今日は昨日の分もいっぱい食べ、満腹になったので昼寝をしていた。

セレネが穏やかな寝息を立てるまで、枕元で寝ずの番をしていた鼠の執事も、自分の役目が終わるとすっかり疲れ果て、ベッドの下にある布切れの巣で丸まって眠りこけていた。

ミラノはセレネの昏睡のような深い眠りから、極度の疲労状態にあると判断した。無理もない、このような場所に閉じ込められていては、普通の少女なら精神が参ってしまう。

「哀れな……」

ミラノが繊細なガラス細工を扱うように、そっとセレネの頬に手を伸ばす。ミラノの手のひらに、子供特有の瑞々しく、温かい体温が広がる。昨夜触れる事の出来なかった月の精霊が、ミラノの中でようやく形となって把握出来た。それと同時に、ミラノの脳裏に、月光の下でセレネが真摯に祈る姿が去来する。

——この少女は、助けを求めていたのではないか。

このような劣悪な環境で、少女が出来る事など何も無い。だから、夜中に部屋からこっそり抜け出し、自分が落ち着ける場所で、神に向かって祈り続けていたのではないか。誰にも届かぬ、悲痛な願いを。セレネの枕に乾いた涙の跡を見つけた時、ミラノは、己の考えが恐らく間違っていないだろうと判断した。

ミラノは瞼を閉じ、少しの間、逡巡するように固まっていたが、不意に宰相に向き直る。

「宰相殿、この倉庫にあるものは『いらないもの』であったな？」

「え、あ、はい……そうでございますが」

「では献上品として、この子をもらうとしよう」

「……は？」

宰相は一瞬何を言われたか分からなかったが、理解が追いつくと、信じられない物を見たような表情をした。

「『いらないもの』のほうが貴殿の国の財政に響かぬだろうし、私はこの子が欲しい。お互いの利益は噛み合っているではないか。何か問題でもあるのか？」

暗に「言う事を聞かなかったら、どうなるか分かっているんだろうな」という響きを声に籠め、ミラノが宰相に一歩迫ると、宰相は蛇に睨まれた蛙のように脂汗を流し固まる。

ここはアークイラ王国であり、ヘリファルテ王国ではない。王子と言えど他国での横暴は許されない。しかし、それは建前上の話だ。大国の若獅子を怒らせてしまえば、どのような制裁が加わるか想像も出来ない。

「交渉は私が直接しよう。まずは、アルエ姫に直接お話を伺いたい。早速だが、姫に連絡をしていただきたいのだが。宜しいかな？　宰相殿」

「………………はぃ」

消え入るような声で宰相はそう答え、ほうほうの体でセレネの部屋から出ていった。

「王子にしては、随分と強引な話の進め方でござるな」

「では、お前はこの状況を知りながら、黙って見過ごせと言うのか？」

「それは鬼畜の所業にござる。いかな理由があるとは言え、幼子をこのような場所に住まわせておくのは断じてならぬ。拙者の国でそのような事があれば、一族郎党皆殺しにござる」

宰相がいる間はあれでも抑えていたのだろう。クマハチは怒り心頭という感じで、そう言葉を紡ぐ。

「おっぱい……」

不意にセレネがそう呟いたので、二人は未だ眠り続ける少女の顔を覗き込んだ。

「……寝言でござるな。母親が恋しいのであろう」

「だが、その母親がこの子をいらないと言っているのだ。本当なら母親の元へ置いておくべきなのだろうが、これも何かの縁だろう。全く、何ともやりきれない事だ」

王子は怒りのやり場も無く、嘆くように背の低い天井を仰いだ。

セレネは夢の中、姉の胸の感触に酔いしれていたが、夢よりも夢のような現実が迫ってきている事など、それこそ夢想だに出来なかった。

獅子身中の虫

セレネは激怒した。必ず、かの邪智暴虐（じゃちぼうぎゃく）の王子を除かなければならぬと決意した。決意したはいいが実際には何も出来ないので、ベッドの上でだらだらしていた。

「わけがわからないよ」

ふかふかのベッドの上、大の字に寝転びながらセレネはそう呟く。

今のセレネが住んでいる場所は、以前までの牢獄のような一室ではなく、暖かな日差しの差し込む、アークイラ王国では最高級の来賓用の部屋だった。

どうしてこうなった。セレネはこの部屋に移動させられて一週間、その言葉を百回は呟いただろう。

あの日、昼過ぎに目覚めたセレネは、思ったより早起きしてしまったので、夕方までもう一眠りしようと布団を被り直した。

その直後、唐突に城の使用人が乱入し、部屋から引きずり出され、身を清められ、今まで着た事も無いような純白のドレスを着せられた。準備が整った後、森で自分を追い回した例の王子と、熊のようなおっさんと面会をさせられた。

王子の名前はミラノというらしく、腹立たしいほど爽やかな笑みを浮かべながら、「自分は君を助けるために交渉を進めている。何も心配しないで任せてくれていい」という意味不明な台詞をほざいた。

いきなり出てきて何を言ってるんだこいつは、頭おかしいのかとセレネは思ったが、相手は性王子。下手に反抗したらやられかねない。警戒していると、隣にいた髭面のおっさん――クマハチという厳つい男が、見かけに寄らず優しい声で宥めてくれたので、セレネは彼に好感を持った。その反面、ミラノには殺意に似たものを感じた。

自分だけ小綺麗な格好をしている癖に、何故側近にこんなみすぼらしい格好をさせておくのか。恐らくは自分の引き立て役として、クマハチという汚い男を連れ回しているに違いない。そう考えると、セレネはクマハチが以前の自分のように感じられ、心底同情した。

交渉とやらが終わるまでの間、セレネはこの小綺麗な部屋に移される事になった。相変わらず外に出る事は出来なかったが、食事は随分と豪勢な物になったし、おやつまで付いてくる。だが、ここは前の部屋と違い脱走が出来なかったのが不満だった。

何故こんな状況になったのか本当に訳が分からないが、交渉とやらが成立してしまえば、自分にとってろくでもない事になるのだけはよく理解していた。

セレネは「なにもかもがぶちこわしになり、こうしょうがけつれつしてもとのろうごくにもどれますように」と、毎日悪魔に邪悪な祈りを捧げていた。

『姫！　ご報告でございます！』

ドアの隙間を潜り、バトラーが息を切らせてセレネの元へ駆け寄ってくる。セレネは毎日、バトラーを密偵として潜り込ませ、状況を報告させていたのだ。

「どうだった？」

『お喜び下さい！　ヘリファルテ王国に移動する事が正式に決定したようですぞ！　姫の祈りが通じましたな！』

「そんなぁ」

絶望のあまりセレネはベッドに突っ伏す。悪魔の馬鹿。役立たず。

一方バトラーはノリノリで、タップダンスでも踊り出しそうなほどに興奮していた。

『森鼠達から聞きましたが、姫は前に、ミラノとかいう小僧と森で出会っていたそうですな。そして姫の魅力に一撃でやられてしまったという訳ですな。まあ、王子とは言え彼も男です。当然と言えば当然の流れでございます』

バトラーは前足を組みながら、うんうんと頷く。

『やはり姫はこのような小国の、ましてあんな小汚い牢獄に収まっている器ではないという事を、神はよく分かっているようですな。このバトラー、執事として鼻が高い……』

そこまで言い掛けて、バトラーは、はっと我に返る。セレネが泣きそうな表情をしている事に気が付いたからだ。

『申し訳ありません。不覚にも浮かれ過ぎておりました。姫がこの国を出るという事は、アルエ姫、それに……母上とお別れになられるという事ですからな』

ヘリファルテ王国への栄転自体は歓迎すべきだが、それはつまり、セレネの母親が娘を手放したという事実に他ならない。バトラーは己の浅はかさに自分を殴りつけたくなった。

『姫、確かに女王は姫を見放したかもしれません。しかし、それはあくまで「今の」姫に過ぎませんぞ。立派な淑女になるのです。自分の娘はこんなにも素晴らしいものであったと、実力で認めさせるのです。それこそが姫にとって最も素晴らしい人生であり、最高の報復だと思うのですが、いかがでしょうか。不安は色々ありましょうが、なに、この懐刀のバトラーが付いているのです。ご安心下され』

バトラーは優しい声でそう言うと、ベッドから飛び降り、再び廊下へと向かう。セレネの出立(しゅったつ)が決定した以上、森の動物達のまとめ役であるバトラーは、楽園を荒らしたりしてはいけないなど、様々な通達をせねばならない。

本当なら小さな胸を痛めているセレネにずっと付き添っていたかったが、もうあまり時

間が無い。後ろ髪を引かれる思いでバトラーは駆け出していった。

バトラーが出ていくのとすれ違いに、木製のドアをノックする音が聞こえた。

「セレネ、いいかしら？」

セレネが返事をする前に、声の主、アルエは既に部屋の中に入っていた。よほど上機嫌なのだろう、喜色満面の笑みでセレネの元へ歩いてくる。

「喜んでセレネ！　ミラノ王子があなたを迎え入れてくれるそうよ！　でも、どうしてセレネがいる事をミラノ王子は知っていたのかしら？　聖王子なんて言われているし、やっぱりあの方は特別なのかしら？」

「ねえさま……」

アルエは少し首を傾げたが、細かい事よりセレネが解放されるという事実に胸が一杯らしく、目をきらきらと輝かせている。それに対し、セレネの表情は沈んでいる。ああ、この天使のような姉にもう会えないと考えると、絶望で目の前が真っ暗になるのだ。

「どうしてそんなに悲しそうな顔をするの？　私とはしばらく会えなくなっちゃうけど、もうあんなに暗い部屋に戻らなくていいし、綺麗なお洋服も着られるし、美味しい物も食べられるし、あんなにかっこいい王子様と一緒に暮らせるのよ？」

アルエが励まそうと掛けた言葉はセレネにとって逆効果だ。セレネは目を赤くして、ぐすぐすと泣き出してしまった。他の言葉はまだしも、最後の一言がとどめだった。何故優しく綺麗な姉と離れ、いけ好かないロリコン男と暮らさねばならないのか。

「もどして」

「え？」

「わたし、あのへやがいい、もどして」

しゃくりあげながらセレネが紡いだ言葉に、アルエは困惑する。一人で知らない国に行きたくないというのなら分かるが、あの部屋に戻りたがる理由が分からない。この国に残りたいというのであれば、今いる部屋のほうがずっと快適ではないか。

「セレネ、どうして牢屋みたいな部屋に戻りたがるの？　お姉ちゃんに理由を教えてくれない？」

「ねえさまたちと、あえなくなるから……」

「私『達』と？」

アルエがそう聞き返すと、セレネはこくんと頷いた。セレネが普段接する人間は極端に少ない。自分はともかく、あとは最低限身の回りをする使用人だけだ。となると、私「達」の中に該当する人間は一人しかいない。

――この国の女王であり、アルエとセレネの母親だ。

アルエは不意にある事を思い出した。アルエはセレネが監禁されてからというもの、母親の心を解きほぐそうと、暇さえあれば親子の関係についての文献を漁ったり、情報を仕入れたりしていた。

その中の一つに、「虐待を受けた子と言えど、親から離れない子もいる。自分が悪い子だから、試練を乗り越えれば、母は自分を愛してくれる。褒めてもらえると考える」というものがあった。きっとセレネはそのタイプなのだ、だから、あの汚い穴蔵に戻りたがっているのだろうと、アルエは考えた。

しかし、交渉に同席していたアルエには、妹の願いが決して届かない事が分かっていた。あの時の母は、捨てるに捨てられず倉庫にしまい込んでいたガラクタが、思いのほか高く売れた事に喜ぶばかりで、セレネの事など微塵も思っていないという現場を目の当たりにしてしまったからだ。

その事実を幼い妹に伝える事はあまりにも残酷だった。アルエは不遇な妹を気遣うようにそっとしゃがみ込み、セレネの涙を拭ってやる。

「セレネ、幸せというものはね、不幸と一緒にやってくるものなの。だから、今はつらくて悲しくても、それと同じだけの幸せをあなたは持っているの。セレネはもう沢山苦しんだでしょ？　だからあなたは世界で一番幸せなお姫様になれるのよ。暗いところにいるより、前を向いて歩いていくほうが、綺麗な物を見られるわ」

アルエはセレネに、遠回しに母親から離れるように促す。セレネの母を慕う気持ちは理解出来たが、それでも離れたほうが妹のためなのだ。

しかし、現実は全く違う。セレネの言う「ねえさまたち」というのは、楽園の野菜達の事であった。せっかく数年掛けて頑張って育てたのに。そう考えると実に惜しかったのだ。セレネは種を適当に植えただけで、本当に頑張っていたのは森の大地なのだが、本人としてはまあ頑張ったつもりだった。

肝心の母親に関しては、セレネが生まれた時点で金髪ロリであり、今や立派な金髪美少女へ成長したアルエと違い、ヒステリーおばさんという扱いだった上に、数年間会っていないのでもはや完全にどうでもいい人になっていた。

アンケートや円グラフなどで表せたなら、「その他」とか「どちらでもない」のカテゴリーに放り込まれていた。

つまり、セレネにとっては、実の母親より野菜のほうが大事だった。そんな事とは露知らず、安心させるようにアルエは柔和な笑みを作る。

「セレネ、ほんの少しの間会えなくなっちゃうけれど、私もヘリファルテに行くから大丈夫よ。セレネより少し後になるけど、多分それほど時間は掛からないはずよ」

「え、ねえさま、くるの⁉」

「お母様が、私をヘリファルテに留学させるならセレネを引き渡すって条件を付けたの。ミラノ王子にとっては負担でしょうけど、それでも私が来たほうが良いって言ってくれたのよ。寛大なお方だわ」

その言葉を聞いた途端、セレネの脳裏に電流が走った。セレネは、腹黒王子の魂胆を見抜いてしまったのだ。

冷静に考えて、日陰者でまだ子供の自分を引きずり出すなんておかしいではないか。そんな奴をわざわざ手間隙（てまひま）を掛けて連れていく理由は、セレネが思いつく限り唯一つ。

——人質である。

あの腹黒王子は、何だかんだ言いつつ、大天使であるアルエに惚れてしまったのだ。アルエの魅力を考えれば無理もない話だ。だが、ここはアークイラ王国、ミラノがいくら強権を持っていても、他国ではさすがに自重するだろう。

極上の獲物を心ゆくまで堪能するには、自分のフィールドに引きずり込むのが一番だ。自国であれば王子という立場を利用して、どれだけ変態的な行為をしても握り潰す事が出来るはずだ。

生前セレネが好んでやっていたゲームでは、大国の王子が小国の姫と恋に落ちる作品が沢山あったし、その王子や国王が実はとんでもない悪党で、ヒロインを絶望のどん底に突き落とすものなどもいくつもあった。そして、ヒロインを凌辱する手段として、妹や家族を盾にするのは常套(じょうとう)手段だったのだ。

「ミラノ王子には感謝しないとね。セレネ、ちゃんと言う事を聞いて、王子様に迷惑を掛けちゃ駄目よ？」

何が悲しくてあんな王子に感謝しないとならないのかと内心で嘆いたが、ひねくれた自分と違い、人を疑う事を知らない純粋な心を持った姉姫を見て、セレネはアルエの胸に飛び込むように力を籠めて抱きついた。アルエは少し驚いたようだったが、何も言わずに抱き返し、セレネの柔らかな髪を撫でた。

「ねえセレネ、せっかくだから、少し外に出てみない？」

「うん……」

そうしてアルエとセレネは手を繋ぎ、連れ立って王宮の外庭に出た。明日にはミラノ王子が出立という事もあり、今日は皆、早めに休んでいるらしい。玲瓏(れいろう)な光を放つ満月が、アルエとセレネの行く先を優しく照らしている。

二人の姫は手を繋いだまま、特に何をするでもなく、手入れされた芝生の上をゆっくりと歩いていく。どれだけそうしていただろうか、不意にアルエが口を開く。

「こうしてセレネと一緒に散歩するのなんて何年ぶりかしら。せっかく外に出られるようになったのに、しばらく会えなくなっちゃうわね」

「いきたく、ない」

「ほらほら、泣かないの。私がヘリファルテに行ったら、また一緒に散歩しましょう。今度は、暖かいお日様の下で」

再び目尻に浮かんだセレネの涙を、アルエは指でそっと拭う。

優しい姉は、あの優男の甘言にすっかり騙されている。決まった事をぐずぐず嘆いていても仕方が無い。セレネは覚悟を決め、真っ直ぐにアルエの瞳を見つめた。

「ねえさま！」

「どうしたの？　急に大きな声を出して」

「わたし、がんばる、まもるから」

「そう、いい子ね」

そうだ、何としても親愛なる姉の貞操を守らねばならない。聞けばあの王子、聖王子などという肩書きだけではなく、獅子王と渾名される父を持ち、ミラノ自身も「ヘリファルテの若獅子」などという渾名を持っているのだとか。

何だそのかっこいい渾名は。おっさん時代はラーメンににんにくを入れるのを好み、可愛い女の子を視線で追いかける事から「にんにくストーカー」という渾名で呼ばれていた自分とはえらい落差ではないか。

忌まわしい過去はさておき、獅子王だか若獅子だか知らないが、ならば自分は獅子身中の虫となり、内部から食い荒らし、大国を崩壊させてやるのだ。愛する姉を守るためならば、傲慢な王子の国など滅ぼしてやろう。自分を引き取った事を後悔するが良い。

セレネはそう強く強く決意するのだった。

——後世の歴史学者達はこう語る。今日に至るまで、永きに亘り栄華を誇るヘリファルテ王国。その最盛期、最も輝いた時代といえば、現代への礎を作り、国を照らす「太陽王」と呼ばれた偉大なるミラノ＝ヘリファルテの時代である事は間違いない。しかし、彼を陰から支え、多大な影響を及ぼした「月光姫」セレネ＝アークイラを決して忘れてはならない。

現在残っている王室の記録によれば、月光姫セレネは、地獄から己を救い出してくれた若き日のミラノに深く感謝し、出立直前に、命を賭けて彼を守ると、姉であるアルエ姫に誓ったという。その時、セレネは僅か八歳であった。幼い少女のたわ言と思うなかれ。その後のセレネ姫の功績は、史実の通りである。彼女がいなければ、ヘリファルテ王家は衰退し、現在の発展は無かったであろう、と。

大きな森の小さな巨獣

ヘリファルテ王国へセレネが移動する事が決定し、アークイラ王国で過ごす最後の夜。セレネは本当に嫌そうで、眠る直前まで「おうじゆるすまじ、ぜったいにゆるさない、ぜったいにだ」と嘆いていたが、バトラーとしては内心で喜びも感じていた。幼子一人で旅立つのは確かにつらいかもしれないが、我が主は薄暗い牢獄に繋がれて終わる器ではない。これは神が与えた幸福への試練なのだと考えていたからだ。

「姫に会ってもう二年か、月日が経つのは早いものだ」

バトラーは泣き疲れて眠るセレネを枕元で見守りながら、二年前、自分の運命を変えた日の事を思い出していた——。

「お前みたいな奴、生まれてこなかったほうが幸せだったろうなぁ」

「本当は鼠じゃなくてツバメなんじゃねぇの？」

げらげらと下卑た笑いを浮かべ、数匹の太った鼠が、一匹の痩せこけた小さな鼠を突き飛ばした。鼠は毛並みはごわごわで艶がなく、ただ恨めしそうに見上げるだけで何も言わない。反撃すれば余計ひどい目に遭うだけなのが身に染みて分かっていたからだ。

「どうせお前らだって、野良猫に出会えば震え上がって逃げるくせに。弱い者苛めしか出来ない卑怯者め」と、心の中でそう毒突くのが精一杯だった。

後にバトラーと名付けられるこの鼠は、他の鼠達と違う点があった。他の鼠が全身真っ黒なのに、彼は喉元からお腹だけ、真っ白な毛皮だった。

見た目変わったその鼠を、他の仲間はよってたかって笑い物にした。毛色が違うだけではなく、気が弱く体も小さい彼は、それを受け入れざるを得なかった。獣にとって、暴力こそが正義であり、小さな鼠にはその力が無かったからだ。

大柄で乱暴な連中に食べ物を横取りされ、食べられなければ身体は余計にやせ細る。そんな悪循環の中、白黒の鼠はいつもお腹を空かせていた。

ある冬の日の事だった。南国と言えど、冬になれば森の餌は減る。例によって皆につまはじきにされ、とうとう飢え死に寸前まで追い詰められた哀れな鼠は、ある決意をした。

それは、人間達の住処に分け入り、食べ物を失敬する事だ。

危険極まりない行為であったが、どうせこのままでもすぐ死ぬのだし、生きていても何も良い事などない。死んだら死んだで構わない。勇気というより自殺するような気持ちで、ちっぽけな鼠は、みすぼらしい倉庫のような建物へ忍び込んだ。

——結果は、失敗に終わった。

彼は豆粒一つ取る事が出来ないまま、人間の仕掛けた罠へ飛び込んでしまったのだ。いくら暴れても鉄の檻を壊す事は出来ず、ただ悲しげに『本当に意味の無い一生だった』と呟いた。

その直後、一人の人間が近寄り、彼の入った檻を覗き込んだ。真っ白な身体に真っ赤な目を持った、今までに見た事の無い色合いの人間だった。体格からして、どうやら子供らしい。

『ああ、僕はここで死ぬんだ』

いくら死んでもいいと思っていても、その瞬間はやはり恐ろしい。もはやどうにもならないと思いつつも、彼は恐怖に身を震わせた。

ところが、少女は自分の事をただ眺めるだけで、叫んだり、他の人間を呼んだりしなかった。それどころか、彼女が食べていたスープから一切れの野菜を掴み、檻の隙間から押し込んだ。

極限まで飢えていた彼は、ろくにためらいもせず、温かく水分豊富な野菜を平らげた。

少女は満足げに微笑むと、檻をそのままベッドの下に移し、他の人間に見えないように布を被せた。

——こうして、少女と鼠の奇妙な同居生活が始まったのだ。

『(この子、随分変わってるなあ)』

相変わらず檻に入れられたままだったが、食事を与えられ体力が回復してくると、あたりの様子を窺う余裕が出来た。そこで彼は、この子が極めて異質な人間であると気が付いたのだ。

人間の子供というのはもっと乱暴で、多少賢い山猿と言っていいくらいだ。下手に知恵がある分、自分達のような小さな生き物にとっては最も恐ろしい生物だ。けれど、この白い少女はそういった野蛮さがまるでなかった。

夜になると、散歩か何かで窓の外へ這い出して行くくらいで、それ以外は、殆ど食べて寝ているか、適当な絵本などを気だるそうにベッドの上で広げているだけなのだ。何となくおじさんの鼠に行動が似ているが、それにしては随分と若い。

彼女が他の人間達と全く会わないのも気がかりだった。迫害されていた鼠の自分ですら、母親に連れられて森の色々な場所に出掛けた事くらいはある。

でも、この子は本当に一人ぼっちで、姉らしき人物以外、殆ど誰も会いに来ないのだ。

『(もしかして、この子も毛色が違うからかな?)』

彼女も毛色が違うから皆から仲間はずれにされている。そう考えると、彼は奇妙な共感を覚えた。それと同時に、そんな状況にも拘らず、まるでそれを気にしていない彼女にひそかな敬意を感じるのだ。

そして、その感情自体が、鼠にとって不思議で仕方が無かった。自分はこんなに物覚えが良かっただろうか。今までの自分は、見た事や聞いた事をすぐに忘れてしまっていたのに、今は亡き母親の顔の皺の数も、苛められていたつらい記憶も、まるで昨日の事のように鮮明に思い出せるのだ。

あの少女の食べ残しをもらったり、優しく撫でてもらっている時には、特に頭が冴え渡る。そういえば、撫でてもらっていた時、彼女の手のひらがほんの僅かに光っていたような気がする。やっぱり、この少女は普通の女の子ではないのかもしれない。

何故、彼女はあんな風に振る舞う事が出来るのだろう。興味が日に日に湧いてきて、彼はどうしても彼女と話がしてみたくなった。

『君は、どうしてここにいるの?』

そしてある日、彼女の手のひらの上で、聞こえるはずもない質問を彼女に投げ掛けた。

自分は鼠だ、人間の彼女に言葉が通じる訳が無い。けれど、少女は飛び上がるほど驚いた。

「しゃべれるの⁉」

『う、うん、そうみたい。僕も、今初めて知った』

この少女が王族の血を引いていて、その魔力を自分に分けてくれていたと知ったのは大分後の事だが、とにかく、これが白き少女——セレネ＝アークイラと鼠の最初の会話だった。

話が出来るとなれば、後はとんとん拍子に意思疎通は進んだ。白い女の子はあまり言葉が喋れないようで、ぎこちなく、ぶつ切りだったが、人間の言葉にまだ慣れていない鼠にとって、逆にとても話しやすい相手だった。

「わたし、セレネ、きみは？」

『セレネって何？』

「わたしのなまえ」

『ナマエって何？』

セレネの肩に乗ったまま、鼠はそう質問した。獣の彼らは「他の奴より尻尾が太い」とか「鳴き声がすこし低い」とか、そういった方法で個体を識別していた。つまり、名前という概念が無かったのだ。

『いいなあ、僕もそのナマエってのが欲しいいな』

「じゃあ、バトラーってよぶ」

『バトラーって何?』

「しつじ」

『シツジって何?』

　終始こういった質疑応答で進むので、二人の会話は非常に時間が掛かったが、二人とも焦る必要などなかったので、とても穏やかな時間を過ごしていた。バトラーがこんなに心安らかな時間を過ごしたのは、母親が亡くなって以来、初めてだった。

「……かっこいいひと」

『かっこいい?』

　セレネは少し迷った後、バトラーに対しそう答えた。白黒のタキシードのような見た目から執事(バトラー)を思いついたまでは良かったが、セレネの中で執事は「お嬢様、ティーの時間でございます」とか言っているだけで、具体的に何をしている人か分からなかったので、適当に誤魔化したのだ。

『かっこいい……』

　だが、この説明はバトラーにとって、雷に打たれたような衝撃を与えた。今まで気持ち悪いとしか言われてこなかった自分を、格好いいと称してくれる存在は初めてだったのだ。

『（シツジについて知りたいな……）』

それからというもの、バトラーと名付けられた鼠は、セレネが寝ている間にこっそりと部屋を抜け出し、人間の文化について調べる事を開始した。

意思の疎通が出来るようになってから、檻から完全に解放されていたし、セレネは一日十四時間は寝ている子だったので、自由になる時間は多かったのだ。

国の貴族達が大金を払って受ける学習講座も、バトラーは盗み聞きし放題だったし、国で厳重に保管されている高価な書物なども、小柄なバトラーは隙間から忍び込み、好きなだけ閲覧する事が出来た。

『やっぱり、姫は他の人間と全然違う！』

人間について調べ、知恵を付ければ付けるほど、バトラーは、やはりセレネが他の子供達とは一線を画す存在であるという確信を得た。貴族だろうが平民だろうが、六歳の子供などしょせんドングリの背比べだ。

けれど自分を育ててくれたセレネだけは、この国の知識人と呼ばれる人間すら知らない知恵を持っていた。しかも、何の教育も受けていないのに、だ。

『やっぱり、あの方は王の中の王なんだ！』

人は努力する事で能力を伸ばしていく事は出来る、だが、持って生まれた天賦（てんぷ）の資質というものは、神に愛された者しか得る事が出来ない。その点、自分が仕えるセレネ姫は、なんと慈悲深く、優雅な振る舞いをしている事か。

バトラーは、自分を助けてくれた主が、この国で、いや、大陸中でも類稀な資質を持っている事に、例えようも無い誇りを持った。

最高の環境と努力の甲斐あって、バトラーは驚くほど短い期間で、大国の従者が裸足で逃げ出すほどの優雅な振る舞いと卓越した知識を得た。もし彼が人間であったなら、大貴族がこぞって彼を従者として召抱えたがるだろう。

その頃になると、武力の面でも森の動物達でバトラーに匹敵する獣は誰もいなくなった。知恵をつけ、日々の鍛錬と魔力によって強化されたバトラーは、野良猫やイタチはもちろんの事、狼や熊ですら彼の前では道を譲る。

バトラーは、いつしか森の動物達から「大きな森の小さな巨獣」と畏敬の念を込めて呼ばれるようになった。しかしバトラーは、決して彼らに対し傲慢(ごうまん)な態度を取ったりはしない。

何故なら、その力は偉大なる主、セレネによって与えられた物であり。自分の力はセレネの物だ。主の名に傷をつけるような振る舞いはしてはならない。そう強く肝に銘じていたからだ。

他の粗野で乱暴なオス鼠達と違い、紳士的な振る舞いに加え、類稀な力を持つようになったバトラーに対し、森中の鼠の娘達が求愛をしたが、その度にバトラーはこう答えるのだ。

『可憐な御令嬢方のお気持ちは誠にありがたい。しかし、このバトラーが仕える方は、生涯お一人だけと決めているのです。その方の名は、麗しきセレネ姫でございます』と。

森の王が仕える主——王の中の王であるセレネ＝アークイラが森に降臨するたび、獣達は彼女を守り、敬礼をした。もっとも、セレネはバトラー以外の獣の気持ちなど全く分からないので「この森は怖い野獣がいなくていいなあ」程度にしか考えていなかったのだが。

かつてバトラーをあざ笑っていた連中も、いまでは彼を見ると、こそこそと逃げ出す始末だ。けれどバトラーはそんな連中など、もう歯牙にもかけていない。今の自分は、あんなくだらない連中に構っていられるほど暇ではないのだから。

最近、バトラーはこう思うのだ。自分が気味悪く、みじめに生まれてきたのは、セレネ姫に出会うためだったのではないか。自分の生命に意味を与えてくれたセレネ姫は、今、運命に翻弄されつつある。ならば今度は、自分が彼女のために生命を懸けて恩を返すのだ。

大きな森の小さな巨獣、鼠の執事バトラーの心は、使命感と充実感に燃えに燃えていた。

ある晴れた昼下がり

ぎらぎらと下品に輝く黄金の玉座の上、ミラノは厭らしい笑みを浮かべ、足を組んで座っていた。彼の手には、周りに飾られた金だけは掛かっていそうな悪趣味な調度品とは程遠い、無骨な鎖が握られている。その犬のリードのような鎖をたどっていくと、鉄製の首輪がついており、華奢なセレネの首を締め付けるように巻き付いていていた。

「何をしている。早くこちらに来て跪かぬか、愚図め」

「……はい」

セレネは上目遣いにミラノを睨む。今のセレネはやたら肌の部分が露出された、メイド服というより娼婦のような衣装を無理やりに着せられ、奴隷のような扱いを受けていたが。

だが、反抗する事は許されない。

「随分と反抗的な目つきだな。檻の中に囚われていた貴様を救い出してやったのは誰だ？　答えろ」

「……ミラノ……さま、です。ありがと、ございます」

屈辱的な感謝の言葉を無理やり吐かせられ、セレネは身震いする。彼女とて好きでこのような身分になった訳ではない。嫌がるセレネの反応をむしろ楽しんでいるらしく、ミラノは玉座の横のテーブルに手を伸ばし、紅茶のカップを取った。そして、おもむろにそのカップを傾け、自分の足元、国民の血税によって購入された、染み一つ無い絨毯（じゅうたん）に何のためらいも無くぶちまけた。

「おっと、床が汚れてしまったな。掃除をせねば」

ミラノは実に愉快そうに口元を歪め、手元の鎖を軽く引っ張る。それだけで小柄なセレネは体勢を崩し、染みのついた絨毯に顔を埋めてしまう。

「さあ、その絨毯を舐めとってもらおうか。嫌なら別にやらなくても構わんぞ？　その場合はお前の姉にやらせるだけだがな。ハーハッハッハッハ!!」

「くたばれ」

妄想世界の下種（げす）王子に対し、セレネは小声で悪態を吐いた。そういう妄想をしている自分自身が一番下種だという事に、彼女は気が付いていないらしい。ヘリファルテ王国へ向け出発して早三日。馬車の中でセレネは毎日、一人で歪んだ想像の翼を羽ばたかせていた。

金持ちは悪党であり、裏で変態行為を行っているという誤った偏見に満ちているセレネにとって、これからの生活を想像すると嫌悪感に身震いし、逃走も考えた。

しかし逃げようにも自分一人ではどうにもならないし、自分が逃げて姉が犠牲になるのだけは嫌だった。セレネの心境は、まさに市場へ売られていく子牛なのだ。もしも自分に翼があれば、楽しい牢獄に帰れるのに。

せめてもの抵抗として、頼りないがセレネなりの武器も持ってきた。セレネは懐の中に手を入れ、隠し持っている小さな袋の中身を確認する。セレネの武器――それは楽園でかき集めてきた種子である。前世のセレネは友達が一人もおらず、植物に話し掛ける哀しい人生を送っていたので、それが高じて趣味となり、ある程度、毒性のある植物を知っていた。

「ええと、スズラン、アサガオ……」

確か、この手の植物には種や花に毒があったはずだ。うろ覚えの知識な上に、この世界で本当に同じ効果を発揮するか謎だが、丸腰で行くよりはましだろう。

セレネが邪悪な妄想に囚われている間、馬車を引いている従者はもちろん、ミラノとクマハチも、物憂げな表情の幼き姫を心配そうに見守っていた。

本来なら、セレネが乗っている馬車は、王子であるミラノが優先して乗るべき物だ。しかし、アルエと離されてから、屠殺場(とさつじょう)に送られる子羊のような目をしたセレネを気遣い、彼女が一人で落ち着けるようにと、ミラノはクマハチと並び、馬に乗って道を進んでいた。

「強奪した献上品に気を遣う王子というのも、珍奇なものでござるな」

「あの子は人に慣れていないのだ。そっとしておいてやれ」

自分が乗る馬車を占拠されたにも拘らず、ミラノは文句一つ言わず、クマハチと連れ立って馬車を先導していた。たった一人の味方である姉と離れ、大人達に異国へ連れていかれるのだ。事前に説明はしておいたが、心細くない訳が無い。ミラノはこの哀れな幼子を、出来る限り幸せにしてやりたいと思うのだ。

セレネぐらいの年頃の少女なら、きらびやかな大都会であるヘリファルテ王国に移り住めると聞けば、不安と同時に喜びもあるはずだ。だというのに、セレネはただ死んだ魚のような目で、馬車の中でずっと寝転がっている。

彼女には、世界とは自分を傷つけるだけの恐ろしいものに映っているに違いない。そう考えると、ミラノは、彼女をこれほどまでに追い詰めたあの女王を、可能であれば断罪したい気分だった。

「しかし、アークイラの女王も意外と簡単に受け渡したでござるな。こちらとしてはありがたいが、母娘として考えると、どうにも複雑な気分でござる」

「向こうとしては在庫処分が出来て、ほくそ笑んでいる事だろう」

ミラノは交渉の席を思い出す。下卑た笑みを浮かべる女王を始め首脳陣の顔が思い浮かぶと、何とも不快な気持ちになる。アルエだけが複雑な表情をしていたのが唯一の清涼剤だったが、セレネにとっては大した救いにはならないだろう。

ミラノがセレネを受け取りたいと頼んだ際、アークイラの女王は条件を二つ付けてきた。

一つは、セレネが第二王女であるという事実を、ヘリファルテの上層部までしか告知しない事。多少問題があるとは言え、幼い第二王女を国の長が隠ぺいしていたという事実を明るみにしたくないのだろう。

もう一つは、アルエのヘリファルテ王国への留学、及びその学費を全てヘリファルテ王国側が負担する事である。

ヘリファルテ王国の大学は、大陸中の識者の憧れの場所だ。ただそこに在籍していたというだけで箔が付く。各国の身分ある者達は当然、自分の子供に留学をさせたがる。当然アークイラもその中の一つだが、かの国は小国も小国だ。まともにやっていては逆立ちしても入れない。

そこにミラノ王子から、直々にセレネが欲しいという申し出があったのだ。アークイラの女王は、普段は厄介者扱いしているセレネを、ここぞとばかりに第二王女として主張し、交渉のカードとして扱った。

そしてセレネを差し出す代わりに、第一王女アルエの推薦を希望した。本命である第一王女の付加価値を高めたいのだろう。第二王女として扱えと言っておきながら、セレネをアークイラの王女として公表するなというのだから、矛盾も甚だしい。

「『さほど高貴ではなき身なれど、類稀な才能の片鱗を感じさせる存在である。親愛なるヘリファルテ王国に献上し、才能を開花させ、この娘が貴国に役立つ事を所望するところなり』か……」

クマハチは懐から契約内容の書かれた羊皮紙を広げて読み直し、眉を顰めながら丸めて戻す。

「まるで詐欺師の文章でござるな。具体的にどこの出自で、どのような才能があるのか、まるで書いておらん」

「まあ、身分はどうあれセレネを渡すという契約は交わした以上、向こうもおいそれと手を出す事は出来ないだろう。それに、アルエ姫に関しては、元々セレネのために呼び寄せるつもりだった。そう考えれば、留学の希望は渡りに船とも言えるな」

「確かに、アルエ殿一人なら王子の力でいくらでもねじ込めるであろうが、あまり好き勝手な事をしては、父上に怒られるのでは？」

「当然怒られるだろうが、このくらい特権がなければ王子などやっていられるか」

ミラノは冗談まじりにそう答えた。アルエならともかく、セレネを助けた事は、ヘリファルテ王国としてはデメリットしかない。殆ど商品価値の無い掃き溜めの姫なのだ。はっきり言ってしまえば、ぼったくられたと考えていいだろう。

それでも、ミラノは自分のした事に後悔はしていなかった。この事は父王に報告せねばならないし、他国での自分の振る舞いは叱責されて然るべきものだろうが、恐らく父が自分の立場なら、きっと同じ事をしただろう。

「なにはともあれ、囚われの姫を牢獄から救い出す事に成功したのでござる。大人達がしかめ面ばかりしていては、セレネ殿が怯えてしまうでござるよ。あとの処理は、王子が責任持って父上の鉄拳を受ければ万事解決でござる。良き哉、良き哉」

「他人事だと思って気楽だな」

ミラノは苦笑しながらため息を吐く。他国で無茶な振る舞いを行い、こちらから頼み込んだのだから自業自得だ。とは言えクマハチの言う通りセレネの奪取は成功したし、女王に見捨てられた事は、考えようによってはプラスの面もある。

アルエ姫の学費の件は自腹を切ればいい。アークイラの女王の「この取引で、もう吊り上げられない銭の搾取」は、ヘリファルテの王子にとって「はした金以下」だ。金銭面の問題より、父の怒りのほうが恐ろしい。

「さて、真面目な話、セレネ殿はどうするのでござる？　アルエ殿から聡明な子だと聞いておるが、いかんせんまだ子供にござる。下手な者に預ければ、そこからアークイラの姫であると彼女が漏らしてしまう可能性があるのでは」

「とりあえず、アルエ姫が来国するまでの間は僕の手元に置いておく。そのほうが色々と都合が良いからな」

「拙者もおるし、それが良いでござろう」

クマハチが頷くと、ミラノはさらに続けていく。

「いずれ教育を受けさせてやるつもりではあるが、しばらくはゆっくりと生活させてやろう。今のあの子に必要なのは、世界に対する恐怖心を取り除いてやる事だろうからな」

「然様（さよう）。知識の詰め込みなど後でいくらでも出来るが、感性豊かな時期に世界を恐れてしまえば、一生を呪いながら生きていく事になるでござろう」

そう言って、クマハチはミラノの考えに同意した。

「当面の間、セレネには、マリーの遊び相手になってもらおうと考えている」

その言葉を聞いた途端、それまでミラノの言葉を肯定していたクマハチの顔が途端に引きつる。

「い、妹君でござるか？　失礼を承知で申し上げるが、ろくに人と触れ合った事の無いセレネ殿に、あの娘の相手は少々厳しいのでは……」

「セレネには、大人の庇護だけではなく子供の友達が必要だろう。下手に他の貴族達の娘に会わせ、セレネの出自を漏らす訳にもいかない。年頃だけで言えば、マリーはセレネにぴったりだ。それに……」

一呼吸置いて、ミラノが付け加える。

「正直なところ、僕は妹の事がよく分からない。昔は『兄さま、兄さま』と慕ってきたものだが、最近、妙にわがままになってしまっただろう？　なかなか構ってやれないし、寂しがっているのかもしれない。だからセレネをあてがえば、少しは緩和されるのではと思ってな」

「それがセレネ姫を受け入れた理由でござったか」

「まあ、副次的なものだがな」

「いやいや、もう一つ大事な目的があるでござろう」

クマハチはにやにや笑いながら、ミラノの耳元に小声で囁く。

「聖王子ミラノが小児趣味であるとは、拙者、夢にも思わなかったでござる。麗しの淑女達が誘惑しても突っぱねる訳でござるな。しかし、夜伽に使うには、いささか幼過ぎるのではは」

「馬鹿な事を言うな」

ミラノが本気で怒っていたのがおかしくて、クマハチはげらげらと笑う。

「しかし王子、セレネ殿は今の時点で、この大陸に二人といない傾国の美姫でござるぞ？　あと五年も経てば蕾は花開き、さらに五年も経てば、どれほどの大輪の花を咲かせるのか。その時、王子は無視する事が出来るでござるか？」

「……否定はしない」

そんな会話をしている間に、クマハチとミラノの先導する馬車は、清らかな小川の流れる平原に着いた。旅人が使う街道の中で、よく休憩や野営に使われる地点だ。ミラノ達も他の例に漏れず、この場で休憩を取る事にした。

「では、そろそろ休憩に入るとするか。皆の者、食事の準備を頼む」

クマハチが他の従者に号令を掛けると、従者達はてきぱきと貨物用の馬車から調理器具を取り出し、手馴れた手つきで準備をしていく。

薪（たきぎ）を集める者、竈（かまど）を作る者。実に統制が取れていた。ミラノが選んだ精鋭達は、品行方正、武に長けているだけではなく、炊事などの雑用も難なくこなす事が出来る。

王子であるミラノはさすがに作業には入らないが、クマハチは少し離れた場所で一通りの作業を見届け、問題が無い事を確認し終わると、ぶらぶらと小川の淵まで歩いていって腰を下ろす。そのまましばらく休憩していたが、不意にクマハチは、馬車の中から真っ白な少女が這い出してくる姿を捉えた――ずっと篭っていたはずのセレネである。

セレネは、真っ白な体に映える、長い袖にフリルの付いた乳白色のゴシックドレスと、大きなつばの付いた、輝くような純白の帽子を被っていた。御伽噺の姫のような愛らしい姿であるが、ただ美しいだけの物ではない。長時間強い日差しを浴びると皮膚が赤く腫れてしまうセレネを守るため、魔力を編み込み補強されている。交渉中、ミラノがアークイラの職人に特注で作らせた逸品だ。

ミラノ曰く、「移動のため、突貫で作らせた間に合わせ」らしいが、帽子一つだけ取っても、アークイラの平屋が数軒買える額である。

「クマ、だいじょうぶ?」

「ん、ああ? セレネ殿でござるか。一体どうしたのでござるか?」

「クマ、つかれてる、へいき?」

ちょこちょこと歩いてきたセレネが、不意に話し掛けてきた内容を聞いて、クマハチは感心した。ただ己の不幸を嘆いているだけだと思っていたが、この少女は、自分の疲労を一瞬で見抜いたのだ。

(年端も行かぬ少女だというのに、何という洞察力か)

セレネの言う通り、部下の手前、表には出さないがクマハチはそれなりに疲労している。

ひとたび街を離れてしまえば、そこはもう決して安全とは言えない地域となる。

街道として開拓されている道を通ってはいるが、すぐ横は開けていない森林地帯であり、いつ腹を空かせた野獣が飛び出してくるか分からない。それ以上に、旅人を狙う野盗が出る事も多いのだ。

馬車の側面にはヘリファルテの紋章である黄金の鷲をあしらっているため、野盗と言えどもリスクが高くなかなか襲っては来ないが、それも確実とは言えない。

クマハチはミラノ王子の良き友ではあるが、同時に主従関係でもある。主人の身に危険があれば、自分が率先して戦わねばならない。軽口を叩き飄々(ひょうひょう)としているように見えるが、街道を進んでいる間、クマハチは研ぎ澄まされた刃のように神経を集中させているのだ。

「となり、いい？」

「あ、ああ、別に構わんでござるが。セレネ殿は拙者を、その……何とも思わんのでござるか？」

「なにが？」

きょとんとした表情で、セレネはクマハチを見上げている。これもクマハチには驚きだった。内面こそ穏やかな男であるが、クマハチは見ての通り、お世辞にも身なりが良いとは言えない。その髭だらけの厳つい顔と異国の風体から、小さな子供は彼を見ると、大体泣くか逃げるかしてしまう。

それと比較すると、触れれば溶けてしまう淡雪のような少女は、見かけによらず相当な胆力を備えているらしい。

「拙者、見ての通りの風体にござる。セレネ殿は怖いと思わないのでござるか?」

「だいじょうぶ、クマ、いい人」

さも当然とばかりに答えるセレネに、クマハチはただただ驚くばかりであった。別に自分の内面が優れているという驕りは無かったが、外面ではなく、内面を見ようとする事は大人ですら難しい。

「セレネ殿は、豪胆かつ柔軟な思考を持っておられる。将来、必ずや大人物となりましょう。このクマハチが保証するでござる」

「ありがと」

セレネは可愛らしい唇をふっと緩め、短くそう答えた。

(なるほど……異端と呼ばれるのも無理の無い話でござる。この歳でこれだけの資質を持っていれば、頭の固い連中は封殺しようとするであろう)

短い会話ではあったが、クマハチはミラノの考えを改めて肯定した。この少女は、あのような薄汚い牢獄に閉じ込め、朽ち果てさせてよい者ではない。然るべき育成をすれば、どれほどの才女となるのか。出来うる限りの援助をしてやろうと、実直なクマハチは心の中で決意した。

しかし、別にセレネはクマハチの内面を見抜いた訳ではなかった。セレネが馬車から覗いていたところ、皆でワイワイ楽しくキャンプの準備をしているのに、クマハチだけ一人離れた場所でぽつんと座っていて、しばらくすると背を向けて小川のほうに去っていった。つまり、ハブられていると思ったのである。

外見からしてもクマハチが浮いているところから、セレネは前世の知識より「不遇な扱いを受け、低賃金でこき使われている外国人労働者」という判断をした。ミラノという鬼畜王子の引き立て役として連れ回され、仲間からは爪弾き（つまはじき）にされている。

学生時代、二人組を作るといつも余っていたセレネは、一人ぼっちでぽつんと佇むクマハチを放っておけなかった。かといって「何だ、お前一人なのか、じゃあ先生と組もうな」と話し掛けられるつらさも知っていたので、敢えて「一人ぼっちだから」ではなく、「疲れていそうだから」とオブラートに包んだのだ。

何より、孤立した汚いおっさんであったセレネは、爽やか体育会系の他の従者達より、汚いおっさんであるクマハチの傍にいたほうが親近感と安らぎを覚えるのだ。もっとも、クマハチは孤立していないし、おっさんでもないのだが。

「きょう、いいてんき。わたし、そと、あまりでない、クマ、じょうぶでうらやましい」

「……そうでござるか」

コミュ障であるセレネは特に盛り上がる話のネタなど持っていない。横に座り、クマハチに話し掛けてやろうと思ったが、結局天気の話と、健康そうでいいですね、という事しか言えなかった。

しかしクマハチはそう捉えなかった。この姫はずっと監禁され、闇の世界しか知らないのだ。自分にとっては何ともないこの空が、どれだけ美しく見えているのだろう。そして、それっぽっちの事で感動する姫に、世界がどれだけ広く、色鮮やかな場所であるかという事をどうしても教えたくなった。

「ふむ、ではセレネ殿に、このクマハチが世界について教えましょうぞ」

「え?」

「なぁに、こう見えて拙者、ミラノ王子の付き添いをしているお陰で、この大陸には割と精通しているのでござる。そこらの理屈ばかりの地理学者より、ずっと面白く、的確に解説をする事が出来るでござる」

クマハチはおどけてそう言うと、懐から古ぼけた地図を取り出し、草むらの上に広げた。

世界の支配者

地図は随分と使い込まれており、セレネが絵本で見てきた地図よりも、遥かに細かく精密なものだ。「ここの国は美人が多い」とか「酒が不味い」などのメモ書きがあるところから、実際にその地に出向いて得た情報なのだろう。

広げるとかなりの大きさで、大柄なクマハチは胡坐をかいて指差すだけで端まで届くが、小柄なセレネは身を乗り出すようにして地図を覗き込む。アークイラ周辺の地図しか見た事のないセレネにとって、大陸全体を俯瞰して見るのは初めてだった。こうして形だけ見ると、この大陸は地球のオーストラリア大陸によく似ている。

「さて、セレネ殿にはどのあたりから話すべきか……まあ、基本的な部分から話すとしよう。まず、セレネ殿が住んでいた国がここ、アークイラ王国でござる」

「うん」

クマハチのごつい指先が大陸の一番左下、国といっていいのか怪しいレベルの小国、セレネの母国アークイラを指す。

「そして、拙者達がこれから向かう国、ヘリファルテ王国がこれでござる。見ての通り、この大陸で一番大きな国にござる」

そのままクマハチはアークイラの位置に置いた指を、右上——北東の方角に滑らせる。

それと同時に、セレネは少しだけ顔をしかめた。ヘリファルテが大国だという事は聞いていたが、改めて正確な地図で見ると、本当に馬鹿馬鹿しいほどの面積だ。

何とヘリファルテ王国だけで、全体の半分近くを占めているのだ、そして、アークイラを含めた残りの半分の土地を、他の国々で分割しあっている。一国を滅ぼすと決意したが、これはなかなかに厄介な相手だ。どうしたものかとセレネは心中で頭を抱える。

何か攻略の糸口は無いかと眺めていると、セレネはある不可解な点に気が付いた。確かにヘリファルテ王国は表記されている中では最大の国だが、大陸の上半分は真っ白な森で覆われていて、特にどの国のものとも書いていないのだ。

そこからさらに北のほうに行くと、森すら描かれておらず、巨大な岩のような山々が大雑把に書いてあるだけだ。つまり、大陸の上半分の地域の情報がごっそり抜け落ちていた。

「ここからうえ、しろい」

「その通り。セレネ殿は、こうして大陸全体を見る事など無かったであろうから、一つ一つ順に説明しよう」

「セレネに地理を教えているのか？」

セレネとクマハチが対面で座っていると、今まで他の従士達の元にいたミラノが、いつの間にかすぐ傍に立っていた。後ろには一人の召使いが付き添い、大きな鍋を抱えていた。どうやら昼食が出来たらしく、わざわざ持ってきてくれたようだ。

「僕も混ざって構わないか？」

セレネが「だめです」という間も無く、ミラノはセレネの横に腰を下ろす。これだから偉い奴は態度がでかくて嫌なんだとセレネは渋面を作ったが、ミラノは特に気付いていないようだ。

地図を囲んで座った三人に対し、召使いは昼食を配った。保存の利く干し肉と、いくらかの香草と芋のような物を煮込んだスープと黒パンだ。他の二人にならい、セレネも黒パンを浸し頬張る。素材がいいのか、調理の腕がよいのか、はたまた両方か、塩味の利いたスープは素朴ながらもなかなかに美味だったので、単純なセレネはこれだけで大分機嫌が良くなった。

出来ればバトラーにも食事を与えたかったが、鼠を人前に出す訳に行かないので、後でこっそり持っていってやらねばならないな、とも考えていた。

「ええと、どこまで話したか。そうそう、この大陸の白い部分でござるな。そこは

『白森（しろもり）』と呼ばれている場所にござる」

「しろもり？」

「然様。見ての通り、森全体が白くなっているでござろう？　これは魔力の影響にござる」

これはセレネにとって初耳だった。今まで見た地図でも白い部分はあったが、簡略化された地図だったので、てっきり雪国か、手抜き作画なのかと思っていた。

「大陸の北部——この地図で言えば、上に行けば行くほど大地の魔力が濃くなる。僕やセレネのような魔力を持っている人間ならまだしも、クマハチのように魔力を持たない一般人は、平衡感覚を失ったり、魔力中毒で体調を崩してしまう。だからこの白森には、エルフしか住んでいない」

「クマ、ばかにしないで」

「いや、別に馬鹿にしてはいないのだが……」

ミラノの説明に対しセレネは噛み付く。さりげなくクマハチを見下しやがってと思いつつ、そこで重大な情報に気が付く。

「えるふ？　みみのながい？」

「よく知っているな。エルフ——長耳族や森人（もりびと）とも呼ばれているが、彼らは殆ど森から出てこない。外見こそ我々に似ているが、森の生活に特化した種族で、魔力を扱う事に長けている。もっとも、殆ど交流が無いので、僕も噂で聞いただけだがな」

「なるほど」

「しかし、セレネ殿は理解が早くて助かるでござる。セレネ殿の歳で、今の説明で理解出来るとは、大したものでござるよ」

「えへへ」

セレネは得意げに微笑んだ。いくら外見は幼女と言えど、中身はおっさんなのだ。むしろこのくらいの会話で得意気になるのはいかがなものだろうか。

「じゃあ、そのうえは？」

「白森を抜けた向こう側は、竜峰（りゅうほう）と呼ばれているでござる」

「りゅーほー？」

「白森以北の領域は、人間が殆ど立ち入れないから描き方が適当なのでござるよ。竜峰に住んでいる者こそ、この世界の支配者、それが……」

クマハチはそう言い掛けて言葉を切り、視線を遥か遠方に向けた。セレネとミラノも、それに追随する。

「あれにござる」

クマハチが笑みを浮かべてそう言うと、セレネは吃驚（びっくり）した。蒼穹（そうきゅう）の空を切り裂くように、遥か彼方から、一頭の巨大な生物が飛んでくるのが見えたからだ。

「ど、どらごん⁉」

「竜を見るのは初めてか？　まあ、彼らが南端のアークイラまで飛んでいく事は滅多に無いからな」

ミラノの台詞をまるで無視し、セレネはその巨大な生物——竜の姿を凝視していた。

竜は、全身が燃えるような真紅の鱗に覆われ、丸太のように太い四肢の生えた頑強な体と、コウモリのような皮膜の翼、そして長い尾と立派な角を持っていた。相当高いところを飛んでいるが、遠目からでもその巨躯（きょく）は一目で見て取れるほどだ。

竜は、自分こそが空の支配者だと言わんばかりに、眼下の人間達などまるで気に留めておらず、ゆったりと空の散歩を楽しんでいるようだった。

ゲームや漫画などでしか見る事の出来ない巨大生物の乱入に、セレネはただ呆然と見上げていたが、はっと我に返り、クマハチの裾をぐいぐいと引っ張る。

「クマ、クマ！　はやく！」

「な、何でござるか？　別に慌てなくても大丈夫でござるよ。奴らは図体は大きいが、基本的に我ら人間には手を出さんので逃げなくても……」

「ちがう！　からないと！」

セレネは大興奮していた。向こうは油断しきっていて、すぐ真上を飛んでいる。絶好のハンティングチャンスだ。一刻も早く、目くらましなり爆音なりで打ち落とさねばならない。

急かすセレネとは裏腹に、クマハチとミラノは目を点にしてセレネを見る。ああもう、何をのろのろしてるんだとセレネはやきもきしたが、不意にクマハチが腹を抱えて爆笑した。普段は落ち着き払っているミラノまでもだ。

セレネは訳が分からず、ただ目をぱちぱちさせて、大笑いする二人の男を眺めていた。何か笑われる事を言ったのだろうか。

巨大な武器を振り回し、四人で竜を狩るゲームに熱中していたセレネにとって、竜は、鹿やイノシシと同レベルの狩猟鳥獣扱いだったのだ。もっとも、セレネは友達がいなかったので、殆ど一人でプレイせざるを得なかったのだが、それはまあどうでもいい。

「狩る、竜を狩るとな！　セレネ殿、それは絵本や神話の中だけでござるよ」

よほどおかしかったのか、クマハチはひいひい笑い、震える声で何とかそう答えた。セレネの「からないと」が「狩らないと」という意味であると理解するのに、彼らの常識では相当の時間が必要だったのだ。不満そうに頬を膨らませるセレネを宥めるように、ミラノが口を開く。

「セレネ、竜は、我々とは一線を画す生物だ。クマハチの言う通り、竜と契約を結んで強

大な力を手に入れたとか、三日三晩かかって討伐したなどという物語は大陸中にあるが、あくまで空想上のものだ」

「……からないの？」

それでもセレネは執拗に食い下がる。どうしてもリアルで竜を狩るシーンが見たかったのだ。クマハチは立派な太刀を持ち、ミラノだって豪華そうな剣を持っている事をセレネは知っていたので、竜の一頭や二頭サクッと狩ってくれというのがセレネの主張であった。なにが三日三晩だ。自分なら飛竜如き、十五分もあれば狩っていたぞと内心で愚痴る。セレネは諦めも頭も悪いのだ。

「まあ、竜を狩るにせよ、駆るにせよ、何とも浪漫のある話でござるなぁ。どうだ王子、腕試しに竜討伐でもせぬか？」

「遠慮しておく。そんなに自殺したいなら、お前の国の切腹とやらのほうが手間が掛からんだろうし、一人で勝手にやるといい」

クマハチの軽口をミラノは同じく軽口で流す。いまだに不満げなセレネに、ミラノが苦笑交じりに追加で説明をしてくれた。

竜の生態については殆ど分かっていないが、人間よりもずっと古い歴史と、比較出来ないほど強大な魔力と生命力を持っているらしい。人間が支配者だった地球と違い、この世界の頂点は竜なのだ。

　反面、知能のほうは微妙なのではという説もある。人間と同等か、それ以上という意見が大多数だが、人間の街で行っていた大道芸に興味を持ち、広場に降りてきた結果、芸人も観客も全員逃げ出してしまったので、怒り狂って街を壊滅させたという間抜けな事例もあるらしい。竜にとって人間の営みは、人にとってのアリの巣のような物なのだろうというのが、一般的な考え方なのだとか。

「そっかー……」

　クマハチとミラノに、竜がいかに凄い生物かこんこんと説明され、セレネはようやく矛を収めた。

　その時、地上の三体の小さな生物が、自分を題材に騒いでいる事に気が付いたのか、空高くゆるゆると飛んでいた竜は、唐突に地面すれすれまで急降下してきた。突風が巻き起こり、セレネは帽子が飛ばされないように慌てて両手で押さえる。

　竜は急降下の勢いを殺さずに、そのままぐん、とUの字を描くように急上昇し、己の力を誇示するように旋回した、その後、隼のような速度で北の方角へと飛び去っていった。

「すごい」

「うむ。まあ、獅子がモグラを相手にせぬように、彼らも人間にあまり興味を示さないでござるよ。だから、それほど恐れる必要も無いでござる。さて、腹ごしらえも済んだし、そろそろ出発するでござるか」

そう言ってクマハチは地図を畳んで懐に収めた。竜が去った後も、セレネはずっと彼が消えた方角を眺めていた。しばらくそっとしておいてやろう、ミラノはそう言って、クマハチを引き連れ、空になった椀を持ち、後片付けの手伝いに加わった。

「クマハチ、礼を言うぞ」

「何がでござるか？」

「あの子に大陸の事を教えてくれたことをだ。随分と興味を惹かれていたようだ。あの竜もいいタイミングで来てくれた。彼にも礼を言いたいところだな」

「なぁに、お安い御用にござる」

そうして一通りの後片付けが終わり、休憩時間が終わると、セレネを乗せた馬車は再び歩み始めた。先ほどまでは死んだ魚のような目をして転がっていたセレネは、今はきちんと馬車の腰掛けに座り、少し微笑みながら頬杖を突いて何か考えをめぐらせているようだった。

今まで落ち込んでいたセレネの顔に、僅かな笑みが浮かんでいるのを見て、ミラノも安堵の微笑みを作る。世界とは恐れるだけの物ではない、先ほどのように胸が躍る事も沢山あるのだ。少しでもそれが伝わり、彼女が微笑んでくれた事がとても嬉しかったのだ。

ミラノは、親友であるクマハチと、たまたま通りかかったあの竜に心の中で謝辞を述べ、再び馬に跨った。

しかし、当のセレネはと言うと、相変わらず邪（よこしま）な謀略を練っていた。モンスターをハント出来なかった事は残念だが、先ほどの情報はかなり有益だった。エルフも気になるが、竜がそれほどまでに強力なのだとしたら、何らかの手段でけしかければ、どれだけの強国でもひとたまりも無いのでは、そんなアイディアが浮かんだのだ。

「ふふふ」

具体的にどうすればそんな事が出来るのかまるで思い浮かばないくせに、慌てふためく王子の姿を皮算用で想像し、セレネはその愛らしい唇を緩め、邪悪な微笑を浮かべていたのだった。

プリンセス・オブ・プリンセス

竜と遭遇してからは特筆すべき事も無く、セレネ達一行は無事へリファルテ王国へ到着した。セレネは、一体どれだけ荒れ果てた国なのだろう、きっと悪魔城みたいなところに違いないと勝手に妄想していたが、その予想は見事に裏切られた。

ヘリファルテ王国の領域は、豊かな穀倉地帯が広がり、そこから緩やかに都心部へと発展するような構造となっていた。郊外から都心部に向かうほど木造から石造りの建物が多くなり、高く、堅牢かつ精巧な作りになっていく。

中心部に向かうほど馬車や人が通りやすいよう舗装され、所々にある川の上には、頑丈そうな石橋も設置されている。少なくとも、セレネが馬車の隙間から見ている範囲では、全身に刺青を入れた貧民がたむろしていそうな場所はどこにも無かった。

これは一体どういう事だ。悪の親玉の巣窟は、自分達の住んでいる周りだけ無駄に豪勢で、民は飢え、病に倒れていなければならない。絶対におかしい。もっと色々な情報を仕入れたかったが、ミラノから、市中では馬車から顔を出さないようにと言われていたので、隙間からこっそり様子を窺う事しか出来ない。

「おお！　ミラノ王子が戻ったぞ！」

「王子様！　長旅お疲れ様でした！」

幌付きの馬車に乗っているため、外から聞こえてくる声でしか判断出来ないが、ヘリファルテ王国の中心部に向かえば向かうほど、民衆の歓迎の声が増えていく。馬車の入り口から見えるミラノの背中を見る限り、どうやらミラノは民衆相手に手を振り、笑顔で人々に答えているようだ。

「みんな、だまされちゃ、だめ」

セレネは馬車の中、一人ごちる。その男は外見こそ麗しいが、嫁探しなどと言いつつ大陸中を放浪し、小国の愛し合う姉妹を引き裂き、妹を人質として拉致した卑劣漢だ。セレネはそう叫びたかったが、自分の今の立場で目立つ訳にはいかない。

下手に真実をばらしてしまえば、自分だけではなくアルエにまで被害が及ぶ恐れがある。今はチャンスを待つしかない。伏魔殿で戦いを起こす決意を新たにし、セレネは顔を引き締める。

「セレネ、もうそろそろ王宮に着く。騒がしくしてすまなかったな」

ミラノは馬に跨ったまま半身を後ろに向け、妙に強張った表情のセレネに声を掛ける。人ごみに慣れていない彼女のため、なるべく騒ぎにしたくなかったのだが、民衆の歓迎に応えない訳にもいかない。彼らがいるから、自分達は王族という立場でいられる。ミラノはそう考えていたからだ。

それから間も無く、セレネを乗せた馬車は王宮の敷地らしき場所に入った。セレネも顔を出してよいと言われたので、首だけを馬車の入り口から出して様子を窺う。

「ひえぇ」

セレネは間抜けな声を漏らしたが、それも無理の無い事だ。ヘリファルテの王族の住まう土地は、アークイラの王宮の敷地とは比べ物にならないほど広かったのだ。

威風堂々とした鷲や獅子の彫刻、小さな虹を作り出す噴水、真っ赤な薔薇園、それ以外にも名前は分からないが色鮮やかな花々が植えられ、ここが美術館の庭園と言われても納得してしまうくらいの物だ。

アークイラで庭師の老人が一人で管理していた無造作な土地と違い、きびきびと動く、活気に溢れた使用人達が、数十人単位で土地を管理しているのが見えた。

どの庭師も生気に満ち溢れ、王子の姿を確認すると、皆が皆、恭（うやうや）しくお辞儀をする。ただの庭師のはずなのに、まるで一人一人が衛兵のように規律正しく動いている。

「さて、拙者は少し兵舎のほうに向かうでござるよ。我らが戻った事を伝えねばならぬからな」

「クマ、いっちゃうの？」

「はは、すまぬなセレネ殿、拙者こう見えて多忙の身ゆえ、また後で会おうぞ」

馬車を先導していた従者の中から、クマハチが一人去っていく背中を見て、セレネは心配そうに見送る事しか出来なかった。

「他に用事があるから一人で帰る」はぼっちを誤魔化す常套手段だし、やはりパシリ扱いなんだと思うと、クマハチに同情せざるを得なかった。

「クマ、まけないで」

セレネは一人寂しく去っていくクマハチの背中に、励ましの言葉を掛けた。むしろ自由裁量で動けるクマハチが他の従者と明らかに格が違うという事に、セレネは気が付いていなかった。セレネの中で、クマハチは数少ない汚いおっさん仲間という共通項しか見出せていなかったのだ。

「我々は王宮までは馬車で移動せねばならない。父上にお前の事を報告せねばならないが、長旅で疲れているだろう？　お前は休ませてやらねばな」

「ばしゃ、のってるよ？」

「これは旅用の馬車だ。こんな仰々しい物で王宮に向かうにはいかないからな」

そう言って、ミラノはセレネに今載っている馬車を降りるよう促し、他の従者達も、この馬車を片付け、それが終われば宿舎に戻って休んでよいと告げた。

そうしてミラノとセレネ、二人だけが路肩に残されると、タイミングを見計らったかのように、二頭の馬に引かれた小型の馬車が近づいてくるのが見えた。馬車の後ろには、ドアと屋根の付いた簡素な箱のような物が載っていて、ちょうど二、三人ほど入れる大きさだ。

「ここからは、敷地内用の馬車を使う」

「これに、のるの？」

「そうだ。敷地内の施設は、どれも歩くとかなり距離があるからな。こうして定期便として馬車を回しているのだ」

「ちっ」

どんだけ金持ちなんだよ、とセレネは小さく舌打ちし、仕方なく用意された馬車に乗り込む。すると、御者は手馴れた様子で二頭の馬を巧みに操り、市中よりも平らかに舗装された道を、軽快な音を立てて進めていく。

「そこの馬車！　止まって！　止まれって言ってるでしょー！」

しばらくのんびりと進んでいたが、突如、後ろから声を張り上げる者が現れた。同じような小型の馬車に乗っているが、向こうは御者を急かしているのか、かなりの速度で駆けるように近づいてくる。

「ミラノ様、どうなされますか？」

「止めてくれ。僕の乗っている馬車にあんな呼び掛けをする輩は、一人しかいないからな」

ミラノが嘆息してそう答えると、御者は手綱を操り馬車を止めた。ミラノが一人降り立つと、猛追してきた馬車が、急ブレーキをかけたように横に並ぶ。そうして馬車のドアが開かれ、一人の少女が降り立った。

「あーら兄さま、『嫁探し』の旅、さぞ楽しかったんじゃない。私はずーっと王宮に置かれっぱなしなのに、いいわよねぇ兄さまは、いろんな国に旅行に行けて」

「やっぱりマリーか、帰宅早々嫌味を言いに来たのか、お前は」

「違うわ。お出迎えよ、お・で・む・か・え！　大陸中の偉い人から褒めちぎられる兄さまだもの。私も敬意を示さないと、周りから白い目で見られちゃうかもしれないし」

皮肉るような口調で、ミラノに対し傲岸不遜な物言いをした少女は、それはそれは美しい少女であった。

年の頃はセレネと同じか少し年上。ミラノと同じ、輝くようなプラチナブロンドの髪を腰まで伸ばし、大きな空色の瞳からは、気の強さがにじみ出ていた。その派手な外見を彩るような、薔薇のような真紅のドレスが、少女の華やかさにさらに磨きをかける。

「マリー、僕は今から王宮に向かわねばならない。話なら後で聞いてやる」

「そうよね。第一王子で、みんなの期待を背負う兄さまだもの、おまけの妹なんかより、偉い父さまや母さまへの報告のほうが大事だもんね」

棘のある口調で、マリーと呼ばれた少女が吐き捨てるように言い放つ。会話の内容から、この金髪ロリ美少女は、どうやらミラノの妹であるらしいと、馬車の中でセレネは推測する。

「お前の相手をしてやりたいのだが、今は本当に急いでいるんだ。僕一人ではなく、今回は連れがいるからな」

「嘘、クマハチならさっき兵舎に行ったでしょ。私、見たもん」

「違う。セレネ、悪いが降りてきてくれないか」

ミラノがそう言うと、セレネは降りるや否やミラノの背後に回り込み、背中にぎゅっ、としがみついた。背丈が違い過ぎるので、背中にしがみついたというよりは、腰元に手を回したというほうが正しい。

「後ろに隠れてる女の子？　ずいぶん小さい子ね」

「セレネ、この娘は僕の妹のマリーだ、そんなに怖がらなくても噛み付いたりはしない」

「噛み付く訳ないでしょ！」

ぷりぷり怒りながらマリーは怒鳴るが、セレネは手に力を篭めて、ミラノの腰周りにずっとしがみついていた。気の強い妹に対し、セレネが萎縮してしまったかとミラノは慌てたが、実際には違う。セレネは王子に攻撃を仕掛けていたのだ。

金持ちで、強くて、美形で、おまけにこんなに可愛い妹がいるなんて、さぞ人生が楽し

いだろう。怒りと嫉妬に燃えたセレネは、隙だらけの王子の背後に回り、バックドロップをかましてやろうと必死に踏ん張っていた。

以前のおっさんボディならまだしも、華奢な幼女の体で王子を持ち上げるのは無理がある。しばらく奮闘していたセレネはとうとう力尽きて手を離し、背後から顔だけを出す形でマリーに会釈した。傍から見ていると、内気な少女が、王子を盾におどおどと顔を出したように見えているだろう。

「セレネ、です、よろしく」

「わぁ」

ミラノの後ろからそっと顔を出したセレネを見て、マリーは口元に手を当て、短く嘆息した。

「お人形さんよりお人形さんみたい……」

セレネの幼いながらも完成された美貌を目にし、マリーはそう呟く。マリーは自分が美少女であると自覚している子であったが、そんな事も吹き飛んでしまうほど、目の前の少女は輝いて見えたのだ。

「ねえ兄さま！　この子なに!?　すっごく可愛い！　もしかして、私のお願い聞いてくれたの!?」

「いや、そういう訳では無いのだが……」

マリーがミラノに詰め寄ると、ミラノは何とも答えづらそうに目線を泳がせる。

「おねがい、なに、それ？」

背後からセレネが問うと、ミラノは観念したように白状した。

「いや、マリーから『可愛い妹が欲しい』とせがまれていてな。さすがにそれは無理だと言ったのだが」

その時の光景をミラノはありありと思い出せる。ミラノ一人だけ様々な国に行ける事を、マリーはずっと羨ましく思っていたらしい。そのあてつけなのか、ミラノが他国に行く度に「あの宝石が欲しい」とか「あの国の民族衣装が欲しい」などと注文をされていたのだ。どれも入手困難な代物なのだが、可愛い妹のためだと思い、ミラノは毎回その要求をクリアしていた。そうしていく度、マリーの要求はどんどんエスカレートしていき、終いには「素敵な兄さまに負けないくらい、可愛い妹が欲しい」という、凄まじいお願いをされるまでになってしまった。

それは父上と母上に頼め、という言葉が喉元まで出かかったが、具体的に聞かれると困るので発言はしなかった。とは言え、そんな願いを叶えられるはずも無く、放っておけば忘れるだろうと思っていたのだが、思わぬ形でクリアしてしまった。

「兄さま、この子連れていっていい？　セレネって言ったっけ？　遊びましょ！」

「駄目だ。この子は少し訳ありでな、それに長旅で疲れている。今日は休ませてやらねばならない」

「えー！　少しくらいいいじゃない！　兄さまはカタブツなんだから！」

「わがままを言うんじゃない。大人しくいう事を聞くんだ」

ミラノがそう窘めると、マリーは少し俯いて、表情に翳を作る。

「……兄さまはいつもそう。私の話なんて聞いてくれないんだもの」

「この子はあまり体が丈夫ではないんだ、体調が回復したら一緒に遊んでやってくれ」

「いいもん、一人で遊ぶから！　報告でも何でも行っちゃいなさいよっ！」

マリーは吐き捨てるようにそう言い放つと、乗ってきた馬車に大股で飛び乗り、王宮のほうへ走らせた。嵐が過ぎ去ると、ミラノはセレネと再び馬車へ乗り込み、御者にもう馬車を出して構わないと指示を出す。

「マリーは見ての通り少々わがままで気難しいが、根は悪い子ではないんだ。出来れば仲良くしてやって欲しい」

「……うん」

セレネは曖昧に頷いた。当初、セレネは隙を見て、王宮に放火するという色々な意味で危ない作戦を考えていたのだが、王子はともかく、あんな可愛い金髪ロリを焼き殺す訳にはいかなくなった。

ピンポイントで王子だけを暗殺する方法を編み出さねばならない、難題が増えた事に、セレネは頭を抱えたくなった。

「おうきゅー、あそこ？」

「違う、あれは馬小屋だ」

セレネが邪悪な計画を練っている間も馬車は進んでいく。ヘリファルテの王宮に近づけば近づくほど、アークイラの王宮並みの建物がごろごろと現れる。その都度、セレネはあれが王宮か？　と質問するのだが、馬小屋だとか、礼拝堂だとかいう返答が返ってくる。その度に、セレネの王子に対する憎しみゲージがぐんぐんと上昇していく。

「着いたぞ。ここが今日からお前が住む場所だ」

そうして美しい庭園の最奥、ミラノがセレネを誘導した場所は、白亜の宮殿、としか言いようの無い場所だった。

白を基調とした巨大な王宮は、色合い的にはそれほど華美ではない。だが、壁面や柱の一つ一つまで磨き抜かれ、無駄な物をそぎ落としたその居住まいは、重厚さと清廉さを兼ね備えていた。

王子が宮殿の前に降り立った途端、中から召使い達が整列して現れ、長旅で疲れた王子を労わるように取り囲む。ミラノは慣れているらしく、軽く手を振って挨拶するだけだ。

その後ろを、ちまちまと付いていく少女を見ると、皆が不思議そうな表情をしたが、教育が行き届いているのか、使用人達は取り立てて話題に出したりはしなかった。ミラノは近くにいた召使いに軽く事情を説明し、その者を先導させ、セレネを連れ立って王宮の中へと入っていく。

王宮の内部は、磨き抜かれた大理石の床、その上に分厚い真紅の絨毯が敷き詰められている。小型の馬車程度なら通れてしまいそうなほどに広い廊下には、所々に輝く白銀の甲冑や、女神像などが置かれ、絨毯の赤と壁の白と調和し、厳かな雰囲気を作り出すのに一役買っていた。

外装こそ質実剛健を貫いているが、内装は他国の身分ある者を受け入れる柔軟な対応。まさにこの国を象徴する建物と言えるだろう。

「今日からはここがお前の部屋だ。余っている部屋ですまないが、清掃はさせている。少し狭いが我慢してくれ」

ミラノが召使いに先導させ、申し訳無さそうに案内した場所は、ちょっとしたスポーツなら出来そうなほどに広々とした一室だった。廊下と同じふかふかの赤い絨毯と、セレネが五人は眠れそうな巨大なベッド、それに加え、全身を映せる黄金で縁取られた姿見など、高価な調度品が邪魔にならない程度に置かれていた。

セレネは、この王子の頭を斧でかち割って、油性ペンで「狭い」の意味を書き込みたい衝動に駆られていた。

「もう少し一緒にいてやりたいのだが、僕は父上……国王の所に行って、経緯を説明してこなければならないのでな。専属のメイドを用意するから、何かあればその者達に頼んでくれ」

「めいど⁉」

セレネはその甘美な響きに思わず微笑む。大国の洗練されたメイド、何と良い言葉だろう。

「ああ、安心してくれ。セレネには熟練のメイドを手配しておく。この道三十年の大ベテランだ。心配しないでいい」

「えっ」

何て事をしやがるこの王子。セレネはすかさず反論をする。

「わかいこが、いい」

セレネの言葉をミラノは疑問に思ったが、すぐにその意味が理解出来た。セレネは賢い子だ。だから、自分がこの国にとって負担である事も理解しているはずだ。そんな自分に優れたメイドを配属してもらう価値など無い、未熟な若者で構わないと言っているのだろう。

「気にする必要は無い。出来る限りの配慮はするつもりだ。僕はまだ未熟者だが、お前を面倒見てやるくらいは出来る。しばらくは、ここでゆっくりと心と体を癒すといい」

ミラノは哀れな幼姫に対し、出来る限り優しく声を掛け、そのまま部屋を出ていった。後に残されたセレネはというと、あくまで綺麗なメイドは自分で独り占めする気なのだと、性王子のそれっぽい言い訳に憤慨するのだった。

いつまでも怒っていても仕方が無い。セレネは一人きりになった事を確認し、ドアを閉め、唯一の味方に声を掛ける。

「バトラー、おねがい」

『畏まりました。では、早速調査をさせていただきます』

名前を呼ばれたバトラーが、セレネのドレスの胸元からひょっこりと顔を出した。セレネは、ヘリファルテ王国に入る前日に、バトラーを自分の服の中に忍び込ませていたのだ。

バトラーはとても賢く、小柄で俊敏なため、諜報活動に持ってこいだ。戦闘面でも並みの人間よりよほど強いので、いざという時に文字通りの懐刀になってくれる。実に頼れる執事なのだ。

　セレネの服から這い出したバトラーは、そのまま絨毯の上に飛び降りると、鋭敏な嗅覚と聴覚をフルに活用し、広々とした部屋を駆け回り、隅々まで検分し始める。

『ご安心下さい。特に怪しげなものは無いようですぞ。この部屋は、偉大なる姫の部屋としては不十分ですが、かりそめの宿としては、まあ及第点といったところですな』

　特に罠らしきものが無い事を確認すると、セレネはほっと胸を撫で下ろす。ヘリファルテの来賓室は、大陸全土で比較しても最高クラスの部屋なのだが、バトラーはこれでもセレネには物足りないと不満らしい。

　一通りの確認作業が終わったバトラーは、セレネの前まで駆け寄ってくると、恭しく頭を下げた。

『姫、申し訳ありませんが、少しお時間をいただきたく思います。この辺りの鼠達に話をつけておかねばなりませんので。それほど時間は掛からないと思いますが、それまでお休みになってお待ち下さい』

　言うが早いか、バトラーは機敏な動きで駆け出し、ドアの隙間から出ていった。有事の際に姫を護衛するためには、ヘリファルテ王宮の構造とその周辺の情報は、一刻も早く隅から隅まで把握しておかねばならないのだ。

「ねむい……」

ミラノもバトラーもいなくなり、とりあえずの安全が確保されると、セレネは他の煌びやかな調度品には目もくれず、真っ先にベッドへ飛び込んだ。

アークイラを出てからというもの、セレネは実に健康的な生活を送っていた。日の出と共に大自然の中を馬車で移動し、昼食や小休止を挟みながら移動。日暮れ前になると、街が近ければそこまで移動して宿を取り、そうでない場合は野営をする。夕食が終わると、夜の見張りの者を残し、明日に備えて就寝する。

そんな極めて健全かつ爽やかな生活サイクルのせいで、セレネはすっかり体調を崩してしまった。

セレネは昼夜逆転生活かつ、一日最低十二時間は寝ないと気がすまない人間だったので、今も眠くて仕方が無い。目を擦りながら、純白の羽毛布団に潜り込む。

以前のごわごわと毛羽立った汚い毛布と違い、非常に肌触りの良いその布団は、セレネを即座に夢の世界へと誘う。ミラノ王子の暗殺計画を練らないといけないが、明日から本気でやればいいやとセレネは目を閉じ、そのままままどろみの中へ――。

「セレネ！」

唐突に、凄まじい勢いでドアが開かれた。うるさいなあと思いつつ、セレネはしぶしぶベッドから上半身を起こすと、先ほどの金髪ロリ——王子の妹のマリーが立っていた。

「あ、ろりだ」

「ロリダじゃないわ。マリーよ。マリーベル＝ヘリファルテ、この国の第一王女よ。ヘリファルテはね、大陸の中で一番おっきい国で、私はそのおっきい国の姫様なの。つまり、私はお姫様の中のお姫様なの。分かる？」

「すごい」

セレネはかなり眠かったので適当に相槌を打ったが、その反応にマリーは気を良くした。こうして自分の身分を話すと、貴族の娘や、他国の姫達は悔しがるか、へりくだるかのどちらかなので、毒気の全く無いセレネの解答はなかなかに新鮮だった。

「あなた、なかなか素直な子ね。気に入ったわ」

「マリー、なにか、ようじ？」

「マリーベル様、よ。ねえ、セレネ。私が一緒に遊んであげるわ。来なさい」

「……わかった」

セレネはもうとにかく眠くて、正直放っておいて欲しい気分ではあったのだが、金髪ロリのお姫様に頼まれたなら仕方ない。緩慢な動作でベッドから這い出すと、マリーは実に良い笑顔を見せた。

「あ、あの……マリーベル様、セレネ様は今大変お疲れのようですので、明日にされては」

少し年配のメイドが、マリーに言いづらそうに意見をする。恐らく彼女がセレネにあてがわれたメイドなのだろうが、そんな言葉に耳を傾けるマリーではない。

「うるさいわね！　一番えらい姫の私が遊んであげるって言ってるの！　いいよね、セレネ？」

「いい」

そう、これは千載一遇のチャンスなのだ。生前であれば少女と遊ぶどころか、話し掛けるだけで事案になってしまったセレネにとって、金髪ロリ姫などという希少種からのお誘いは、たとえどれだけ眠かろうが、余命一週間だろうが、絶対に乗らねばならない誘いであった。

「じゃあ、私の部屋に行きましょ」

「マリーベル、さま、わたし、しらないひと、へやはいるの、だいじょうぶ？」

「……気にしないでいいわ、どうせ兄さまも、父さまも母さまも、私の事なんか気にしてないんだから」

不安げな表情で状況を見守るメイドを素通りし、ふらふらと覚束ない足取りで歩くセレネを、マリーはぐいぐいと引っ張っていった。

永遠の友達

「つまり、お前の話を要約すると、他国の封印の扉を破壊し、中にあった宝を得るために不平等条約を独断で結んできた、という事で良いのか？　私はお前を王子として育てたが、強盗にするつもりはなかったのだがな」

「返す言葉もありません」

「返す言葉もありません、ではないわ。馬鹿者め」

ヘリファルテ王宮最奥部、大陸で最も美麗かつ堅牢な部屋の中、獅子王シュバーン＝ヘリファルテは、息子の報告を聞き、玉座に座りながら額に手を当てた。

年齢としてはもう壮年と言っていい年頃だが、その巌（いわお）のような身体は全く衰えておらず、鳶色（とびいろ）の瞳は、未だ彼が、この大陸一の王者であるという威厳に満ち溢れていた。

「そもそも、何故アークイラなどという辺境に行ったのだ。遊学の旅に出ろとは言ったが、お前が選んでいる国は、どれもヘリファルテから離れた小国ではないか。隣国から『王子はまだ来ないのか』とせっつかれているぞ」

「別に僕が個人的に選んだ国に旅に出ているだけで、必ずしも訪問しなければならないという訳ではないでしょう」

「もう何カ国も、まして最小国まで出向いているのに、大陸で二番目に大きい隣国に行かないのは無理があるとは思わんか？」

「いずれ挨拶に向かいます」

「いずれ、か。お前が遠方ばかりに行く理由は大体分かるがな。どうせ時間稼ぎのつもりだろう。隣国には『あれ』がいるからな」

「……仰る通りです」

「おっと、話が逸れてしまったな。アークイラの姫君に対するお前の愚行に戻そう。私がお前を旅に出したのは、既にお前を一人の成人としてみなしたからだ。にもかかわらず、このような軽はずみな行動は……」

「あら、別にいいじゃない。ロマンチックで」

シュバーンの説教を遮ったのは、もう一つの玉座に座っていた、ゆるやかなプラチナブロンドの女性だ。渋面を作るシュバーンと違い、実に楽しそうに両手のひらを合わせ、にこにこと笑顔を作っている。

「いいじゃないって……アイビス、お前はいつもミラノに甘い。だからこうして軽率な行動をだな」

「あら、貴方だって私のために、昔は随分と無茶をしたじゃない」

「ウッ」

痛いところを突かれたシュバーンはたじろぐ。アイビスと呼ばれた柔らかな雰囲気を持つこの女性は、今でこそ王妃となっているが、元の身分はヘリファルテの召使いの一人である。

身分違いの恋を成就させるため、若き日のシュバーンは艱難辛苦(かんなんしんく)を乗り越え、目標を達成させた。その彼がヘリファルテをさらに発展させ、聖王子と呼ばれるミラノという実績まで作り上げたのだ。今ではこの王と王妃に楯突く者など誰もいない。

「ミラノ」

「何でしょう。母上」

「私も若い頃は随分苦労したわ、でも、ちゃんと乗り越える事が出来た。セレネ姫は、私よりずっとつらい目に遭ってきた子なのだから、責任持って幸せにしてあげなさい」

「心得ております」

アイビスがそう言うと、横で座っていたシュバーンも肩をすくめた。降参という合図だ。

「獅子王と呼ばれようが女房には勝てんな。国家間の正式な取引として扱われてしまった訳だし、今更突っ返す訳にもいかんだろう」

「お許しをいただけるのですか？」

「先ほども言ったが、私はお前を一人の男として扱う。お前が独断で抱えた問題は、お前で責任を取れ。私から言える事は以上だ」

「ありがとうございます！」

そう言って、ミラノは父と母であり、この国の最高権力者である国王と王妃の前に跪いた。

「さて、この辺で仰々しいやり取りは終わりとするか。で、ミラノ、その美姫セレネとやらは今どうしている？」

今までの重苦しい態度を急に消し去り、シュバーンは玉座から食い入るようにミラノを覗き込む。その目はきらきらと輝き、まるで家にやってきた可愛い子猫を早く見たがる子供のような表情だった。

「父上、落ち着いて下さい。僕の問題は僕で解決しろと今言ったのでは……」

「公私混同はいかんが、さっきので公的な話は終わっただろう。これからは私的な興味だ。私が個人的に見てみたいのだ」

「そうねぇ、私もそんなに可愛いセレネちゃんを見てみたいわ。ねえ、ちょっと連れてき

てくれないかしら」

二人の素面(すめん)を見てミラノは微笑んだ。王と王妃、そして王子という立場ではあるが、彼らはそれ以前に一つの家族なのだ。

「生憎ですが、セレネは今休ませておりますので」

お会いするのは明日以降に、と繋げようとした時、不意に後ろのドアがけたたましい勢いで開け放たれた。ミラノ達三人が目を向けると、マリーが一人立っていた。走ってきたのか、肩で息をしている。

「マリー？　どうした、そんな慌てて」

「セレネが……セレネが……！」

マリーは半狂乱になりながら、ミラノの胸に飛び込むように抱きついた。


ミラノの腕の中、昏々と眠るセレネは、文字通りお姫様抱っこをされて運ばれていた。

廊下を黙々と歩いていくミラノのすぐ後ろを、うなだれたマリーが追従していく。

「何故近くのメイド達を呼ばなかった」

「……焦ってたから」

マリーは俯きながらそう呟いた。突然セレネが倒れてしまい、すっかり動転してしまった頭に救いとして浮かんだのは、近くにいるメイドや召使いではなく、頼れる兄の姿であった。

「セレネは疲れているから休ませてやれ、と伝えておいたはずだが」

「ちゃんと疲れないような遊びを考えたもん！」

外で遊ぶのはまずいだろうが、部屋の中で音楽鑑賞くらいなら良いだろう。マリーなりにそう配慮し、セレネを連れ出したのだ。しかし、それはセレネ相手には非常にまずい選択だった。

宮廷音楽家の奏でる重厚なメロディは、市民なら大金を払わねば聴けない最高の娯楽である。だが、アニメソング以外に音楽などろくに聴かなかったセレネにとって睡眠導入剤にしかならない。

マリーの部屋で二人並んで椅子に座っていたが、睡魔に耐え切れなくなったセレネはとうとう椅子から崩れ落ちた。

さすがのセレネも固い床に叩きつけられれば目を覚ましたであろうが、生半可なベッドより柔らかく肌触りの良い絨毯は、セレネの体を優しく包み込んだ。移動のせいで八時間しか寝ておらず、睡眠不足だったセレネは、そのまま起きる事なく深い眠りへと落ちていった。

横にいたマリーは仰天した。静かに座っていた少女が、何の前触れも無く地面に倒れ伏したのだ。しかも、いくら声を掛けても揺すっても起きる気配が無い。これはただ事ではないと大慌てし、半泣きでマリーは兄のいる王の間へと駆け出したのだ。

「結果的にお前のわがままに付き合わされたせいで、この子は倒れてしまった。何故こんな事をした」

「だって皆、私の事構ってくれないもん。父さまも母さまも忙しいし、兄さまは旅に出ちゃうし。それに、こんな可愛い子まで連れてきて、もう私なんかいらないのかと思ったんだもん……」

ぽつりぽつりとマリーはミラノの背中に言葉を投げ掛ける。セレネを連れ出したのは、可愛らしい同世代の子と遊びたかったというのもあるが、それ以上に、兄や家族に対するあてつけが強かった。

「ミーアの事を覚えているか？」

「え？」

少しの間を置き、不意に投げ掛けられたミラノの言葉に、マリーは声を失った。

それは、マリーの短い人生の中でも、決して忘れられない名前だったからだ。

「覚えてる。とっても可愛くて、セレネと同じ色をした、真っ白な子猫だった」

「お前はあの生まれたばかりの子猫を、『可愛いから』といじくり回したな。その結果、どうなったかも覚えているだろう」

「……うん」

消え入るような声でマリーは答えた。もう何年も前の話だが、城の隅に捨てられていた子猫を、マリーが見つけて連れて帰ってきた事があった。拾ったはいいが面倒の見られないマリーは、ミラノにその子猫を託した。

子猫は捨てられていたわりに元気ではあったが、ある日ミラノが様子を見に行くと、ぐったりとして元気がない。兄のいない隙に構い続けていたマリーのせいで、体力を消耗してしまったのだ。幸いミラノの手による看病ですぐに回復したが、ミラノは泣いて嫌がるマリーから子猫を取り上げ、猫好きな召使いの一人にあげてしまった。だが、何故そんな話を持ち出したのか、マリーには理解出来なかった。

「この子は、母親に捨てられた」

「えっ⁉」

ミラノは端的に、セレネの秘密の一部分だけをマリーに語る。その台詞にマリーは驚愕した。母親が子供を捨てる。そんな事は温室育ちの彼女には考えも付かない事だったからだ。

「え、え？　そんなのおかしいよ。だって、母親って、母さまの事でしょ？　母さまが私を捨てるって事でしょ？　ありえないよ。そんな事されたら、頭がおかしくなっちゃうよ」

マリーは困惑しているのか、思った事を整理しないまま口にする。捨てられる以前からセレネの頭は大分おかしかったのだが、その事は余人の預かり知らぬ事だ。

「この子はミーアと同じだ。お前が捨てられていた子猫を見捨てられなかったように、僕もこの子を放っておけなかった。僕にわがままを言うのは構わないが、セレネには優しくしてやれ」

セレネを部屋に運び入れ、ベッドに寝かしつけると、ミラノは軽くマリーの頭を撫でて、何も言わずに出ていった。広い部屋の中、二人の少女のみが取り残されたが、マリーは出ていこうとはしなかった。近くにあった椅子をベッドの脇まで運ぶと、何も言わず、じっと眠り続けるセレネの顔を覗き込んでいた。

それからしばらくして空が茜色に染まる頃、セレネは目覚めた。ここからがセレネが最も活発になる時間であり、たっぷりと昼寝をしたため、疲れも眠気もすっかり吹き飛んでいた。

「セレネ！　起きたのね！」

「わ⁉」

セレネが目を開けた瞬間、マリーはセレネの首元に抱きつく。本来ならうれしい状況なのだが、セレネは目を白黒させた。寝起きにいきなり金髪ロリに抱きつかれた経験など無かったので、さすがのセレネも嬉しさより困惑が勝る。

「いきなり倒れちゃったけど大丈夫⁉　つらくない⁉」

「へいき」

そう言われ、セレネはようやく今の状況を理解出来た。音楽鑑賞をしようと誘われたところまでは覚えているが、そこから先の記憶が全く無い。多分、というか間違いなく寝てしまったのだろう。いくら眠かったとは言え失礼過ぎる。何と言い訳したものかと押し黙っていたが、その沈黙を、マリーはセレネの怒りと取ったらしい。

「怒ってる、よね……その、ごめんなさい」

マリーは普段の強気な態度が嘘のように、しょんぼりとうなだれ、膝の上で小さな手をぎゅっと握る。

「あの、その、私……お友達がいた事無いから、どう付き合っていいか分からないの」

「マリーベルさま、ともだち、いない？」

「うん」

「ひめのなかのひめ、なのに？」

「…………」

セレネが不思議そうに首を傾げると、言いづらそうにマリーは床に視線を向けていたが、しばらくすると重い口を開く。

「私、確かにお姫様の中で一番えらいの。でも、それだけ。本当にえらいのは父さまと母さま。一番強いのは兄さま、私は何でもないの」

「マリーベルさま、すごくない？」

「兄さまは凄いのよ。武術も出来るし、頭も良いし、魔力だって沢山持ってる。一番先に生まれた子が、一番多く魔力をもらうんだって。だから、他の子が遊んでくれても、裏で私の事、出来損ないだって言ってるの、私知ってるもん」

そこでセレネは、自分が閉じ込められていた封印の扉の事を思い出した。姉のアルエは扉に手をかざせば開ける事が出来たが、自分が触っても殆ど無反応だった。マリーの言葉を信じるなら、自分はあまり魔力という物が無いのかもしれない。

「だから、私がお姫様じゃなかったら、誰も相手にしてくれないの……」

セレネが何も言わないせいか、マリーは自分の中の心情をどんどん吐露し、徐々に涙声になっていく。そんなマリーに対し、セレネはそっと口を開く。

「わたし、ともだち、いなかった」

「え……？」

今、目の前の白い少女はこう言った。「友達がいなかった」と。

「いない」ではなく「いなかった」だ。

それに気付いたマリーは、こわごわと口を開く。

「セレネ、怒ってないの？　もしかして、私の事、友達だと思ってくれてるの……？」

「マリーベルさま、ゆるすなら」

泣きそうなマリーに対し、セレネは微笑む。その綺麗な笑い方には、他の貴族の娘や姫のような打算ではなく、嘘偽りの無い喜びがあるのが、幼いマリーでもありありと汲み取れた。

セレネが「友達がいない」と言っているのは確かに過去形だが、それはおっさん時代の話だ。以前のセレネは誰も友達がいなかったのだ。というか、今も鼠以外にいない。それなのに、今は金髪ロリの美少女から友達になってくれと言われているのだ、これが喜ばずにいられようか。

「ほんとに、ほんとに私でいいの？　私、何にもいいところ無いよ？」

「ある」

「無い！　頭も良くないし、強くもないし、魔力だってあんまり無いもん！」

「ある、マリーベルさまが、マリーベルさまだから」

セレネが何でもないようにさらっと言ったその言葉は、マリーの心の奥底を激しく揺さぶった。

（この子、父さまと同じ事を言ってる！）

以前、マリーは父と母に「どうして自分には魔力が少ないのか、兄のように優秀に生まれなかったのか」と怒りをぶつけた事がある。泣いて暴れるマリーに対し、父と母はこう言った。

「お前は自分に能力が無いから、生まれてきた意味が無いと思っているな？　それは違う。マリー、お前がマリーとして傍にいてくれるだけで、私達は力を得る事が出来る」

「マリー、あなたはあなたにしか無い大切な物があるのよ。今は分からないかもしれないけれど、私達以外にも、必ずあなたを必要って言ってくれる人が現れるわ」と。

そんなのは嘘だと思っていた。今の今まで、そう言ってくれたのは家族以外誰もいなかった。皆がマリーをどこか冷めた目で見ているのを、幼くとも聡明な少女は気付いていた。優秀過ぎる兄に比べ、自分を「聖王子ミラノの出涸らし」と影で呼ぶ者がいる事を、マリーはちゃんと知っているのだ。

だからこそ、マリーは自分を「姫の中の姫」と言い聞かせ、尊大に振る舞ってきた。そうして主張しなければ、無能の烙印に押し潰されてしまうから。けれど、目の前の儚げな白い少女は、そんな自分の弱さをさらけ出しても、それでもなお、自分そのものを友として認めてくれると言っている。

実際には、セレネは「金髪ロリ美少女というだけで価値がある」と考えていただけである。凶悪犯罪者のロリ美少女と、聖人のおっさん、どちらかを援護しろと言われた場合、セレネは迷わず前者を選ぶタイプの人間だった。

「ありがとう。セレネ」

「ううん、マリーベルさま、かわいいから」

「マリー」

「え?」

「マリーでいいわ。だって、お友達なのに様付けなんて変でしょ?」

マリーはくすりと笑った。先ほどまでの暗い影は消えうせ、瞳には輝きが戻っていた。

「セレネ、おまじないをしましょ?」

「おまじない?」

「あ、そっか。セレネは知らないもんね。ねえ、髪を少しもらっていいかしら?」

「いいけど」

そう言うと、マリーはセレネの部屋の棚を漁り、小型の糸切りバサミのような物を取り出した。ベッドの上で半身を起こすセレネの後ろに回り込み、マリーはセレネの髪に手櫛(てぐし)を通す。

「綺麗な髪ね……さらさらで、真っ白で、絹糸みたい。もっと伸ばせばいいのに」

「めんどう」

その飾らない返答に、マリーはふふっと笑う。

夏の蒸し暑いある日、おっさんだった頃の癖で、セレネは一度丸坊主にした事があった。様子を見に来たアルエは、突然丸ハゲになった妹を見て卒倒した。

その直後、セレネは城お抱えの医師に診せられ、極度のストレスによる発作的な行動と誤診され、しばらく監視が付けられた。それ以降、肩の辺りまでのショートカットで妥協している。

「じゃあ、少しだけもらうわね」

マリーがセレネの髪を少しだけハサミで切り取ると、その髪をくるくると束ね、器用にリング状に編んでいく。

「出来たっ！　どう、うまいでしょ？」

「じょうず！」

セレネは思わず拍手していた。マリーは真っ白な髪を編んで、小さな白い指輪を作り上げた。実に器用なものだとセレネは目を丸くする。そして、その指輪を自分の右手の小指にはめると、今度は、マリーの輝く金の髪を切り、同じようにリングを作る。

「セレネ、右手を出してくれるかしら？」

「こう？」

セレネが右手を差し出すと、マリーは、金糸の指輪をセレネの右の小指に嵌めた。

「なに、これ？」

「女の子同士で、自分達の髪の毛を使ってアクセサリを作るの。それを交換すると、二人は永遠の友達になれるっていう、ヘリファルテに伝わるおまじないなの」

「おんなのこ、えいえん、ともだち」

セレネはその言葉によからぬ妄想を発揮させるが、無論、清らかな意味での友達である事を付け加えておく。

「実際にやる子なんか殆どいないみたいだけど。私もセレネにやったのが初めてなの。じゃあ、またね。今度は元気な時に遊ぼうね！」

そう言って、マリーはウインクをして部屋を出ていく。先ほどまでの陰気な雰囲気はもはや無く、元気一杯な女の子の後姿をセレネは見送った。

『私の見る限り、彼女は決して無能とは思えませんがな』

「バトラー、かえってたの?」

『何やらお取り込み中のようでしたので黙っておりました。確かにミラノ王子は飛び抜けて優秀ではありますが、男性では分からぬ機微も、女性ゆえに気付くという事もあるでしょう。単なる力の優劣で物事は測れませせぬ』

「ちから、だけじゃない」

バトラーの台詞を噛み締めるように、セレネはその言葉を胸に刻み込んだ。その通りだ、単純な力のぶつかり合いでは敵わないが、色々な搦め手を使えば王子を倒せるかもしれない。戦いとは力だけではない。セレネはそうほくそ笑んだ。

そんな事より、今日はマリーと仲良くなれた事のほうが収穫だった。搦め手は明日考える事にして、セレネは右手の小指を、えへえへと締まらない笑いを浮かべ、いつまでも見つめていた。

ヘリファルテの晩餐会

マリーとセレネのおまじないから数時間が経過し、辺りは完全に夜の帳が落ちていた。

セレネは、月明かりが反射する真っ白なベッドの上でバトラーを構って遊んでいたが、不意に部屋のドアをノックする音が響く。バトラーをベッドの下に戻し、セレネは枕元に置いてあった鈴を鳴らした。

この部屋は広いため、ドアまでかなりの距離がある。いちいち声を出して反応しなくて良いように、気の利いたメイドが前もって配置しておいてくれたものだ。

ちりんちりんと鈴が鳴ると、すぐに背筋を伸ばしたメイドがドアを開けて入ってきた。その動作は非常に洗練されていて、見ていて小気味良いほどだ。これでおばちゃんじゃなかったらもっと良かったのにとセレネは思う。

「セレネ様、体調のほうはいかがでしょうか？」

「だいじょうぶ、ありがとう」

セレネはメイドに礼を言う。いくらセレネの中身があれでも、敵以外の相手に対しては、人として最低レベルの礼儀はわきまえているのだ。一応。

「お食事のほうは取れそうですか?」

「たべる」

セレネは元気良く頷いた。メイドを含めた他の者達は、セレネが体調不良に無理を重ねて倒れたと思っているが、単に寝不足だっただけだ。睡眠欲が満たされた今、次に求めるのは当然食欲だ。セレネは欲望に忠実な人間なのだ。

「もしよろしければなのですが、国王様と王妃様が、是非セレネ様とお食事をご一緒したいとの事です。いかがなさいますか?」

「おうさま、おうひさま、いっしょ?」

セレネは身構える。あの王子の父親と母親なのだ、とんでもなく傲慢な奴だったらどうしよう。飲みニケーションという言葉に拒絶反応を示すセレネは、どうしたものかと逡巡(しゅんじゅん)する。

「もちろん、体調がまだ完全でないというのであれば、またの機会という事でお伝えさせていただきますが」

「いきます」

少し考えた後、セレネはそう答えた。国王と会う機会などなかなか無いだろうし、敵がどのくらいの力を持っているか情報収集出来る絶好のチャンスだ。多少嫌でも、ここは乗っておいたほうが良いだろう。

「畏まりました。では、私めがご案内を……」

「私がやるわ！」

突如割り込んできた大きな声に驚き、メイドとセレネが視線を向けた先には、真紅のドレスに身を包んだマリーが立っていた。

「マ、マリーベル様、一体どうなされたのですか？」

「どうもこうも、父さまと母さまが食事するんだもの、私も一緒に食べるのは当然でしょ？」

「え、で、でも、普段は一人で向かわれておりますが……」

「いいから！　セレネは私が面倒見るの！」

メイドを押しのけるように部屋に入り込むと、マリーはセレネのベッドの元まで近づく。

「セレネ、体は大丈夫？　ご飯食べられる？」

「へいき」

セレネが何でもなさそうに頷いたのを見て、マリーは安堵の表情を作る。

「良かった――心配してたの。料理長に、セレネにはお腹にいいものを作ってもらうよう頼んだんだけど、大丈夫なら一緒に食べましょ？」

「でも、わたし、マナー、よくわからない」

「ああ、そんなの大丈夫よ。私だって家族だけで食べる時はテキトーだもん」

実にあっけらかんと言い放ち、マリーはセレネがベッドから降りるのを手伝った。

先ほどまでの強引な引っ張り方ではなく、純粋に労わるような優しい手つきだ。

寝起きの格好のままで良いのか、とセレネは尋ねたが、マリーはそのままで良いと言い切り、少し皺のついたままのドレス姿のセレネを先導し、部屋を出ていった。

「マリーベル様が他の子の面倒を見るなんてねぇ……」

マリーは来賓の食事会などで同年代の子がいても、つまらなそうな表情で仕方なく相手をするだけだ。まして、他の少女を自分が案内するなどもってのほかだ。姫の中の姫であると言い張る彼女は、そんな下働きは絶対にしないのだ。

よほどあのセレネという子が気に入ったのだろう。金色と真紅に包まれた少女が、純白の少女を不慣れに誘導していく姿を、メイドは微笑みながら見送った。


そうして案内された場所は、王族専用の食事室だった。

衛兵や使用人が使う食堂は別の建物にあるのだが、王宮には王族専用の部屋がある。といっても、部屋自体はそれほど広くはなく、かといって窮屈でもないといった程度の物だ。広さだけで言えば、ちょっと大きめのコンビニ程度のスペースしかない。

それなりに高価な調度品などは置いてあるのだが、どれも過剰な装飾は無く、一番目立つのは、部屋の真ん中に置かれた木製のテーブルの花瓶だというのだから、実にシンプルだ。テーブルには既に前菜らしき物と、スープの入った鍋が用意されていた。スープの温かな湯気に乗って、美味しそうな匂いがセレネの食欲を刺激する。

料理の置かれたテーブルには、ミラノと、厳ついが聡明そうな顔をした壮年と、それとは対照的なふわふわした感じのセレブの奥様風の女性が既に着席していた。言われるまでも無く、この二人が国王と王妃なのだなと、鈍いセレネでも一発で理解出来た。

「君がセレネか。私がこの国の王、シュバーンだ。今回はうちの馬鹿息子のせいで、とんだ波乱に巻き込んでしまったな。息子に代わって詫びよう」

「いえ、だいじょぶ、です」

大迷惑だよコノヤロウと思いつつも、セレネはたどたどしく、変な敬語で答えた。

いくらセレネが人間的に問題があっても、さすがにそれなりの年の功はあるので、最低限の社交辞令というものは理解している。というか、シュバーンと名乗った国王がミラノと違いかなりの強面だったので、下手に怒らせるのが怖かったというのが本音だ。

「急に呼び出して申し訳無いわね。倒れたって聞いたけど、体のほうは大丈夫かしら？」

「だいじょぶ、です、おきづかい、かんしゃ、でごじゃいます」

「ミラノからある程度事情は聞いているわ。無理をして難しい言葉を使わなくていいのよ。私はアイビス。一応王妃って事になってるけど、元はただの田舎者だから」

セレネが大分時間を掛けながら敬語を引っ張り出したのを気遣ったのか、アイビスは垂れ目をさらに緩ませて、優しい声で笑いかける。

「おうひさま、びじん」

「あら、ありがとう。私なんかより、セレネちゃんは本当に綺麗な顔をしてるわ。ちょっと嫉妬しちゃうわね」

「それは、ない」

セレネは首をふるふる振って否定する。自分の姿を鏡で見ても、過去のおっさんが中身に入っていると思うと、とても自分が可愛いとは思えなかった。何というか、可愛いマスコットキャラに入ったおっさんのようなものを思い浮かべてしまい、己の美貌というものをいまいち把握出来ていない。

「父上、母上、そろそろ食事にしませんか？　セレネをずっと立たせておくのは可哀想です」

「そうだな。セレネ、見ての通り、我々はこうして狭い場所で食事を取る事にしていてな。

君を来賓として扱うべきなのかもしれんが、今回は我々の家族という形を取らせてもらった」

　そうしてセレネはミラノに促され、用意された五つ目の席によじ登るようにして座った。シュバーンとアイビスが並んで座り、対面にミラノとマリーの兄妹が座る。セレネは真ん中、いわゆるお誕生席だ。

　もちろん国賓や、凱旋してきた兵士達を丸ごと受け入れられる豪華な施設もあるのだが、シュバーンとアイビスは、可能な限り家族だけで過ごす団欒(だんらん)の時間を大事にした。身内を幸せに出来ない者に、見知らぬ人間を幸せにする事など出来ない、それが彼らの信念だったからだ。

　そうして食事が開始される。給仕の類はセレネの部屋と同様、鈴を鳴らして呼ぶタイプの物で、室内では四人家族とセレネの計五人のみである。皆それほど喋る訳ではないが、決して嫌な沈黙はなく、各々が食事を楽しんでいる雰囲気が伝わってくる。

「ミラノ、アークイラはどうだった。私はあの国には行った事が無いのでな」

「座学で学んでいた時には、正直なところ全く気に留めていませんでした。ですが、豊かな自然に囲まれた気候の良い国です。こうして遊学のために様々な国を見ていると、自分の未熟さを痛感する毎日です」

父王に対し、ミラノは思った事を包み隠さず伝えただけだが、セレネは、ほお袋にエサを溜め込むハムスターのように口をぱんぱんにしながら、美味しい料理と一緒に苦虫を噛み潰す。

何が遊学の旅だ。世間では「嫁探しの旅」だとバレているんだぞ。だが国王も王妃も特に言及する気はなく、ミラノの「遊学の旅」を信じきっているようだった。信じるも何も、実際にそうなのだから当然だが。

ミラノの虚偽報告に疑問を持たない事をセレネは不審に思ったが、これだけの国を治めている国王だ、国外をほっつき歩いている放蕩息子の動向まで気が回らないのかもしれない。

昼間見た感じでは、この国は想像と違い、随分と栄えているように見えた。その疑問が今解けた、きっと国王は優秀だが、息子が駄目なのだ。

大企業の社長だって多忙で家庭が疎かになる事もあるし、なまじ金があるせいで息子がろくでなしになるという事例は、セレネもよく見聞きした事だ。

セレネも学生の頃、親に塾に行くと伝えてサボり、ゲームセンターに向かった事が何度かあったが、幸いにも成績が落ちたり致命的なミスは犯さなかったので最後までバレなかった。理屈はあれと同じだ。

ミラノは外面の良さと狡猾さをフル稼働させ、事実を巧妙に隠す事に長けているのだろう。卑怯な奴め。セレネは勝手にそう結論付け、怒りと共に食べ物を飲み込んだ。

そうして食事が終わると、しばらくは歓談の時間が持たれた。コミュ障かつ言語の苦手なセレネは、時折話し掛けられては適当に「はい、はい」と頷くだけで、それ以外はぼーっと座っているだけだ。正直なところ、ご飯を食べたら後はとっとと自室に引っ込んでごろごろしていたい。

「あ、セレネ。口のところに食べ残しがついてるわよ」

マリーが自分の席から降りて、セレネの口元をナプキンで拭いてやる。その様子を、他の家族三人がにこにこと見守っていた。

「な、何よ！　私がこういう事しちゃ駄目なの⁉　何か文句ある⁉」

「いや、駄目でもないし文句も無い。マリーが人の世話をする場面が珍しくてな」

ミラノが笑いながらそう言うと、父と母も同意するように軽く頷く。

マリーは少し不機嫌そうに頬を膨らませるが、それほど気は悪くしていないようだ。

「セレネ、あなた今いくつ？」

「八つ」

「私は十歳よ。ほら、私のほうがお姉さんでしょ。お姉さんは妹の面倒を見るものなの」

どうだ、とばかりにマリーは胸を張る。基本的にマリーは構われるだけで、構う対象がいなかったのが不満だったらしい。他の同世代の子と違い、大人しくて従順、そして愛くるしいセレネがやってきたのだ。

マリーにとってセレネは、実に可愛がり甲斐のある妹分という立場らしい。けれど、そのセレネが急にしょんぼりと俯いてしまい、マリーは怪訝(けげん)な表情をした。

「どうしたのセレネ？　痛かった？」

「ねえさま……」

マリーの「お姉さん」という言葉を聞いて、セレネは急に寂しくなった。姉のアルエと離れてまだそれほど時間は経っていないが、もう随分会っていないように感じる。あの柔らかく、温かな体温、香水のような甘い香りをもうしばらく感じていない。

何より、おっぱいに顔を埋めていない。

前世では考えられない事だが、今のセレネは定期的に乳房に触れないと精神状態が悪化する難病、乳房欠乏症に冒されていた。もちろんそんな病気は無い。セレネが勝手にそう名付けて思い込んでいるだけで、いたって健康体であり、ぜいたく病である。

「セレネちゃん、何か欲しい物はあるかしら？」

おろおろするマリーに助け舟を出すように、絶妙なタイミングでアイビスが話し掛ける。

床に目線を向けていたセレネは、その声に引き上げられるかのように顔を上げる。

「ほしい、もの？」

「そう、何でもいいわよ。さすがに『お城が欲しい』とかだとちょっと困っちゃうけど、大陸で手に入る物は大体調達出来るし、こうして会えたのもきっと神様の思し召しよ。こう見えても私、王妃だからそれなりに融通は利くのよ」

アイビスは上品にセレネに笑いかけた。横にいたシュバーンも、王権を振り回す事を良しとしない厳格な男だが、この時は何も言わず、後押しするように首を縦に振った。姉を思い、一人異国の地に拾われてきた幼い少女が、泣き出しそうなほどに萎れていたのだから無理もない。

「うーん……」

セレネは眉をへの字にし、困ったような表情でアイビスを見つめている。

アイビスはというと、セレネの表情に、嬉しさより困惑の表情が浮かび出ている事を不思議に思っていた。

（欲しい物が多過ぎて悩んでいるって感じじゃないわね）

このくらいの女の子なら、洋服、お菓子、おもちゃ……欲しい物はいくらでもあるはずだ。自分もそうだったし、マリーもそうだった。けれど、セレネはそういう風な浮かれぶりが無い。もしかたら、望んでいる物は、形のある「物」ではないのかもしれない。

ヘリファルテ一家はしばらくの間、無言でセレネを見守っていたが、セレネは椅子から降り、遠慮がちにちまちまとアイビスの元へと歩み寄る。そして、上目遣いで彼女を見て、小声でこう言った。

「ぎゅっ、ってやって」

「え？」

その言葉にアイビスは首を傾げる。するとセレネは、両手を広げ、目の前の空気を抱え込むような動作をした。

「もしかして、抱き締めて欲しいって事かしら？」

「はい」

少し気恥ずかしそうにしながらも、セレネはこくりと頷いた。

アイビスはしばらく何かを考えるようにしていたが、やがて笑みを作り、両手を広げる。

「いいわよ、さあ、いらっしゃい」

「いいの!?」

セレネは駄目だと思っていたのか、一瞬遅れた後、ぱっと可憐な笑みを浮かべた。

そして、そのままアイビスの胸元に飛び込む。華奢なセレネの体をアイビスは抱きとめ、強く抱擁する。

「おほーっ！」

セレネは大満足だ。アルエはぷりぷりとして弾力がある感じだが、アイビスはしっとりと包み込むような柔らかな感触だ。なかなかに濃厚で味わい深い熟成肉である。セレネはおっぱいソムリエとして、脳内の得点ボードに「85点」の評価を書き込んだ。

「うん、ていすてぃ」

「え？」

「やすらぐ」

「そう……良かったわね」

セレネは、アイビスの胸の感触をしばしの間堪能すると、さすがにこれ以上はまずいと自粛し、自分から離れた。物事には引き際が大事なのだという事は、おっさん時代に学んでいた。

「おうひさま、ありがと」

少し頬を紅潮させ、はにかみながら礼を言うセレネの頭を、アイビスはそっと撫でた。

その様子を、シュバーンも、ミラノも、マリーまでもが穏やかな表情で眺めていた。

「では、そろそろ食事はお開きにしよう。マリー、セレネを部屋まで案内してもらってよいか？」

「うん！　私はお姉さんだからね！　セレネがお姉さんに会えない間……ううん、会えた後も、私がセレネのお姉さんになってあげるから、どんどん私に甘えるといいわよ！」

そう言ってマリーはセレネの手を取る。その手のひらには力が篭っていて、マリーなりの使命感に燃えているようだった。

「おうさま、おうひさま、おやすみなさい」

部屋を出る直前、セレネはぺこりと一礼をし、マリーと共に出ていった。地味に王子には挨拶しなかったのだが、幸いミラノが気付く事は無かった。

扉が閉まり、マリーとセレネが退室すると、ミラノはシュバーンに顔を向け、先ほどとはまるで違う口調で喋り出す。

「ご覧の通りです、父上」

「なるほど、お前が無茶をしたのも理解出来る。あれは、あまりに悲惨過ぎる」

シュバーンは父親から国王の顔になり、重苦しく呟いた。それに同調するように、アイビスも悲しげな表情をする。

「びっくりしたわ。お洋服とか、お人形とか、そういった物だと思ったのだけれど、まさか、抱き締めてくれなんていうと思わなかったわ」

「セレネは、世間一般の『幸せ』というものが、よく理解出来ていないのだと思います」

「そっか、そうよね……私もまだまだ未熟だわ」

自分も貧しい身分の出自だから、ある程度、虐げられた者の気持ちが分かると思っていたアイビスは、不甲斐なさそうに呟いた。

あの年齢の女の子なら、洋服や人形、もしくは美味しいお菓子ならきっと喜ぶだろう。そう考えていたのだが、そもそも、セレネにはそういった物を手に入れる事が、女の子にとって喜ばしいという概念自体が無いのだろう。それはアイビスの想像の範疇を超えた境遇だった。

本当のところ、セレネはおっさんなので、お洋服やお人形さんなどにまるで興味が無い。服は着心地のいいジャージだったら欲しかったし、お人形さんも、美少女フィギュアやプラモデルだったら頼んでいただろうが、生憎それらはこの世界に無い。食事に関しては腹が満たされればいい。ならば乳房一択である。

「しかし、それでも本や服といった物の存在は知っていたのだろう？　その上で、一番に求めたのが人の温もりとは……何と哀れな子だ」

シュバーンはやりきれない、といった口調でそう呟いた。

あの儚げな姫が一番求めて得られなかった物、それは、どんな貧民でも手に入る、母の温もりだというのは、あまりにも寂し過ぎる。

「父上」

「何だ？」

「先ほどお話しした隣国の件ですが、アルエ姫の手続きが落ち着いたら出発しようと思います。その時は、セレネを同行させようと思うのです」

「理由は？」

「あの子に、なるべく多くの世界を見せてやりたいのです。今までの不幸を打ち消すほどの、素晴らしい世界を。隣国までなら旅の負担も少なく、街道も整備されているので危険は無いでしょう」

「お前のためというより、セレネのための遊学になりそうだな。まあ、それも良いだろう。守るべき物があるからこそ、人は強くなるのだからな」

そう言ってシュバーンは笑い、それから鷹揚(おうよう)に頷いた。

目の当たりにした幼姫を見て、息子の提案を突っぱねる気は全く無かった。

「けれど、セレネちゃんはそれで大丈夫かしら？」

頬に手を当てながら不安そうにしているのはアイビスだ。

「だって、隣国には『あの子』がいるでしょう？　ミラノのお嫁さん探しなんて誤解までされてるのに、その上でセレネちゃんを連れていったら、ちょっと……どうなのかしら」

アイビスの言葉に、シュバーンもミラノも妙に強張った顔つきになる。

隣国の『あの子』は、ミラノにとって、ある意味で、凶悪な犯罪者や竜より性質の悪い存在なのだ。

「確かにな……だがミラノの言う通り、セレネ姫にとっては貴重な体験ではある。アークイラの監獄とヘリファルテの王宮のみの世界では、いささか偏り過ぎるからな。ミラノ、お前が彼女をしっかりと守ってやるのだぞ」

「分かっております」

こうして神妙な雰囲気の中、ささやかな夕食は終わりを告げた。

聖王子暗殺計画（前編）

真っ白なネグリジェ姿のセレネが目を覚ます。あくびを噛み殺しながら伸びをし、ベッドから這い出して、窓の外に広がる青空を仰ぐ。今日も快晴。絶好のスパイ日和だ。

「うん、いいあさ」

久しぶりに早起きしたセレネは満足そうに呟く。既に太陽は一番高く昇っており、世間一般で言うお昼という時間帯なのだが、西日と共に起きるセレネにとっては驚異的な早起きと言える。

セレネ直属のメイドが明け方に用意しておいてくれる水桶から、清水をコップで飲み、喉を潤す。残った水で顔を洗うと、身支度を整えるために重厚なクローゼットの元へ向かう。

観音開きのクローゼットを開くと、セレネはため息交じりに呟いた。

「こんな、いっぱい、いらない……」

来た当初は何も入っていなかった洋服入れには、色鮮やかなドレスが大量にぶら下がっていた。どれもこれも、ヘリファルテにおいて最高品質のものだ。

国王一家の晩餐会に呼ばれてから既に二週間経過していたが、セレネはほぼ毎日一緒に夕食を共にしていた。何故か気に入られてしまったらしく、国王夫妻——特に王妃から毎日のように服をプレゼントされていて、巨大な服入れは、既にみっちりと埋め尽くされてしまった。

「いつもので、いいや」

大量の衣装を前にしても、セレネは迷う様子も無く、一番手前にあった乳白色のゴシックドレスに手を伸ばした。アークイラから移動してくる際に着てきた物だ。若々しいメイドさんがいれば、わざわざ鈴を鳴らして着替えを手伝ってもらうのだが、あいにくおばちゃんメイドなので、セレネは一人でドレスに袖を通す。

「バトラー、いる？」

『もちろんでございます。姫、どこかへお出掛けですか？』

「しらべもの」

『私もこの王宮の構造は隅から隅まで調べましたぞ。いずれ姫の物になるのですから、確かに直接見ておいたほうが良いかもしれませんな』

セレネがしゃがんで手のひらを差し出すと、バトラーが飛び乗る。そのままドレスの胸元を緩め、バトラーを忍び込ませた。セレネにとって、バトラーはいざという時のための頼れる相棒であり、ヘリファルテの内情を探る際は、可能な限り連れて歩く事にしていた。

「きょうから、ほんきだす」

身支度が整うと、セレネは一人で気合を入れ直す。明日から本気出すと言い聞かせ、王子の弱点を探ろうとしたものの、大した弱みを見つけられないまま時間だけが経過してしまっていたのを、セレネは内心で焦っていた。

明日から本気を出す決意は、実際に明日になると今日という日になるので、結果としていつまでも実行されないという事実に気付くのに二週間を要したのだ。その惰性を打ち払うため、セレネは一念発起して早起きを敢行したのだ。

「なるべく、ひっそり、おんみつ……」

王宮の敷地内であれば、別に移動の制限も監視も無いのだが、やはり後ろめたい事に手を出そうとしていると思うと、どうしても緊張してしまう。なるべく目立たぬよう、抜き足、差し足、忍び足、こっそりとドアを開く。

「セーレネッ♪」

「わぁっ!?」

外に出た瞬間、後ろから何者かに抱きつかれ、セレネは手足をじたばたさせる。

何という事だ、諜報活動は僅か三秒で終了してしまった。

「……あ、マリーか」

「えへへ、ごめんごめん。珍しい時間にセレネが出てきたのを見かけたから、驚かそうと思って」

セレネに後ろから抱きついたまま、マリーが耳元で笑い掛ける。

吐息が感じられるほどの距離で金髪ロリ姫に抱きつかれているセレネは、締まらない笑みを浮かべる。冗談を笑って許してくれた友人の顔を見て、マリーもまた微笑む。

「セレネ、今日は午後の勉強はどうする？　一緒にやる？」

「きょう、やめる」

「えー！　セレネと一緒に出来る時間あんまり無いし、やろうよぉ」

マリーはセレネから離れると、正面に回り込んで不満げな表情を作る。マリーは王族のたしなみとして教育を受けさせられていたが、セレネもおまけという形で受けて良い事になっていた。とは言え、セレネは基本日中は寝ているので、授業に間に合わない事が殆どなのだが。

「ねえ、一緒にやりましょうよ。昼は苦手なんでしょ？　せっかく起きられたんだし行こうよ？」

「わたし、べんきょう、きらい」

セレネはやんわりと断る。基本的に彼女は勉強が嫌いなのだ。けれど、マリーはセレネの言葉を遠慮と取った。教育を受けるにはお金が掛かる。それにタダで便乗するのを、思慮深い少女は申し訳無いと思っているのでは。マリーはそう捉えていた。

「でもセレネって凄いわよね。殆ど教育受けた事無かったんでしょ？　なのに、すぐに理解しちゃうんだもん」

「としうえ、だから」

「私のほうがお姉さんなんだけど？」

いくらセレネでも、現代日本の高等教育までは修了しているのだ。言語を操る事は苦手だが、人がいて、社会の営みがある以上、算術や地理、科学や衛生といった概念で応用出来る部分もあった。

その点が評価され、教育係は皆、セレネはとても八歳とは思えない才女であると評価していた。マリーと比べて数十年分は人生のアドバンテージを得ているので、大人であるセレネの全力が十歳のマリーより多少上という事であり、総合で見ると圧倒的にマリーのほうが優秀なのだが。知らぬが花というやつである。

マリーは負けず嫌いだが、セレネに劣等感を抱く事はなかった。王侯貴族の淑女にとって最も大事とされる、舞踊、歌唱といった芸術的なセンスが、セレネには皆無だったからだ。舞いを踊らせれば、左足に右足を絡ませ転び、天使のような愛らしい声は、聖歌を歌えば破壊音波となる。その点、マリーはセレネより遥かに優秀であった。

つまり、セレネとマリーでは得意分野がまるで違うのだ。マリーが誇れる部分を引き立て、同時に優秀さも併せ持つ妹分のセレネは、優秀過ぎる兄と比較され続けてきたマリーにとって、劣等感を癒す格好の存在だったのだ。

事実、セレネが来て以来、マリーはよく笑うようになった。嫉妬心のせいで棘のあるやり取りをしていた兄との確執も、少しずつではあるが無くなってきている。

「あ、また襟元がよれよれになってるわよ。ほら、じっとしてて」

マリーは、セレネのドレスの襟元がはだけているのに気付き、手を伸ばして直してやった。バトラーを懐に収める際に襟元をひっぱるので、服装に無頓着なセレネはそのままにしている事が多い。愛くるしい外見に沿わない無防備な言動も、マリーにとっては庇護欲を掻きたてられるのだ。

「ちゃんと身だしなみはきちんとしないとダメよ。まあ、崩れてたら私が直してあげるけど」

「ありがと」

「で、何で授業に出たくないの？　これから何かやる事があるの？」

「……しらべもの」

「調べ物？　何を？」

「おうじに、ついて」

「え？　兄さまの事？」

不思議そうなマリーだったが、すぐにある考えに至る。客観的に見て、兄は大陸に二人といない美丈夫だ。聖王子という渾名は伊達ではない。

大陸中の幼児から老婆まで、女性で彼に好意を持たない者はいないと吹聴されるほどだ。あながちその噂は間違っておらず、マリーは反発しつつも、それを誇りに思っていた。

「もしかしてセレネって、兄さまに気があるの？」

「ちがうっ!!」

セレネは全力で否定した。普段は物静かなセレネが急に大声で否定したので、マリーは逆に「これは図星だ」と判断した。セレネは肌が真っ白なので、興奮すると顔がりんごのように赤くなるので分かりやすい。

（ま、セレネが兄さまの事を好きになっても無理ないわね）

セレネにとって、兄であるミラノは救世主だ。マリーも絵本や芝居などで、囚われの姫が白馬の王子様に救出されるシーンが大好きなのだ。それを自らの身で体験したのだから、惚れてしまっても無理のない話だ。

それに、どれだけセレネが口で否定しようと、セレネが兄について調べようとしているのは明言しているし、何より、れっきとした証拠がある。

「セレネ、あなたって、いっつもその服ばっかり着てるわよね。なんで？」

「なんとなく」

マリーの言う通り、セレネは今日も乳白色のゴシックドレスを着ている。マリーはファッションには割とうるさいほうなので、セレネの服も毎日しっかり記憶している。そして、セレネはこの白い服を一番好んで着ているようだった。

セレネが王宮に住むようになってからというもの、母がセレネにやたらと服を買い与えているのをマリーは知っている。もちろん、厳選された最高級品ばかりだ。

なのに、セレネはそれらにあまり袖を通さず、アークイラで突貫で仕立てた服を好んで着ているのだ。決して悪い物ではないが、ヘリファルテ産のものに比べたらやはり劣ると言わざるを得ない。では、何故ずっとそれを着ているのかと考えると、マリーには一つの事しか思い浮かばない。

（兄さまからの、最初のプレゼントだものね）

この服は、想い人から贈られた最初の代物なのだ。その服を着ているという事自体、セレネがミラノを特別に想っている事を象徴している。少なくともマリーにはそうとしか考えられなかった。

単にセレネは服装に無頓着だったので、着慣れたこの服が一番気に入っているだけだ。というか、服を脱いでメイドに洗濯を頼むと、セレネが寝ている間にまた持ってくる訳だが、クローゼットの空いている手前のスペースに戻すように吊り下げられる。

セレネからすると、一番手に取りやすい場所に服がまた来ているので、後はそれを引っ張り出し、それが今日までループしているだけである。

このドレスが駄目になるまで着続けるだろうし、他の服が手前にあれば、それを手にしただろう。それだけの事だった。もしもクローゼットの高級ドレス全てと、着心地のいいダサいジャージを交換してくれるという取引が出来たなら、セレネは迷わず全てを差し出しただろう。

「兄さまなら、この時間は修練場に行ってるわよ」

「しゅうれんじょう？」

「兵士達の稽古する場所。王子なのに、兄さまも毎日参加してるのよ。あんな汗臭いところに好き好んでいくんだから、兄さまも変わり者よね」

「かわいそう」

「あ、やっぱりセレネもそう思う？　王子様なんだから、もっと優雅に過ごせばいいのに」

無論、セレネはミラノの境遇に同情した訳ではない。付き合わされる兵士達に対してだ。上司がいちいち現場までしゃしゃり出てきて監視されていては、息が詰まって仕方ないだろう。

「ねえ、マリー」

「ん？　何？」

「そこ、わたし、いく、へいき？」

「え？　修練場に行きたいの？　まあ大丈夫だけど、つまんないわよ？」

「いい、わたし、おうじ、みたい」

「あんな汗臭い場所より、薔薇園に行かない？　私、すっごく立派な薔薇園を持ってるの」

「バラは、きらい」

マリーの誘いに対し、セレネは首をぶんぶん振って拒絶した。

セレネの有無を言わさぬ拒否っぷりに、マリーは首を傾げる。

「そう？　私は薔薇大好きだけど。何でそんなに嫌いなの？」

「あつくるしい、くさい」

「えー、私は薔薇の香りって好きだけど。じゃあ、セレネは何が好きなの？」

「ゆり」

「百合ねぇ、百合園は王宮内には無いわ。兄さまなら知ってるかもしれないけど」

「そっかー……」

セレネは若干がっかりしたようだが、そこで当初の目的を思い出したように、マリーに向き直る。

「ちがう、そうじゃない。おうじ、あいたい」

「そんなに会いたいの？」

「うん」

「兄さまはかなり厳しく鍛錬してるはずだから、あんまりお話し出来ないかも」

「かまわない、みてるだけで、いい」

セレネの表情は真剣だ。そこまで一途に思いつめている妹分の気持ちを、マリーは汲んでやる事にした。

「そう、そんなに兄さまの近くにいたいのね。ここから少し離れてるから、移動用の馬車に乗っていきましょ。私は午後の授業は受けないといけないから、案内しか出来ないけど」

「うん！」

稽古の場所という事は、王子の実力を見られるチャンスだ。もしかしたら、王子の弱点を見つけられるかもしれない。最初マリーに見つかった時は失敗したと思ったが、セレネは思わぬ収穫を得た事にほくそ笑んだ。

一方、にこにこと笑うセレネを、マリーは微笑ましげに眺めていた。普段はどこか超然としているセレネが、これほど喜びを表す事は珍しい。よほど兄の雄姿を見たいのだろう。

セレネは身分が低いと聞いているが、自分の父も貧民出身の母と結ばれたのだ。父と母は、年齢差もミラノとセレネと同じだ。ならば二人が結ばれる可能性は十分にある。少なくとも、隣国の『あれ』に大事な兄を取られるより、セレネと婚約したほうが遥かに良い。

（応援してるからね、セレネ！）

マリーは内心でセレネに声援を送りながら、上機嫌のセレネを馬車乗り場へと連れていった。

聖王子暗殺計画（後編）

「着いたわよ」

「ひろい！」

王宮内の移動用馬車に乗ってマリーとセレネがやってきた修練場は、セレネの想像していたものよりも、遥かに大規模な場所であった。

学校のグラウンドをそのまま拡大したようなシンプルな作りだが、物々しい兵士達がひしめいているため、どちらかというと闘技場と表現したほうが正しいだろう。

革製の軽鎧（けいがい）を身に纏い、向かい合う剣士達。甲冑（かっちゅう）に身を包み、筋力トレーニングをする者、中には馬術の練習をしている者までいる。各々がそれぞれのグループに分かれ、活気に満ち溢れた特訓をこなしているようだ。

「おうじは？」

「兄さまは……あ、いたいた！　おーい、兄さまー！」

マリーが指差した先には、ミラノの姿があった。

ミラノは先ほどの革製の鎧を来た集団の中に混じって、剣術の修行をしているようだった。

日差しの下でマリーと同じプラチナブロンドの髪がきらりと輝き、遠目からでもひときわ目立つ凛とした姿に、セレネは多少の殺意を篭めて視線を送る。

マリーの呼び掛けに気付いたのか、ミラノは周りの兵士達に何か言い残し、セレネ達の元へと歩いてきた。

「マリーに……セレネ？　どうした？　ここは危ないから下がっていろ」

「私は別に来たくなかったんだけど、セレネがどうしてもって言うから」

「セレネが？」

「うん」

ミラノが不思議そうにセレネのほうに向き直ると、セレネも小さく頷く。

「おうじに、あいたくて」

「僕に？　別にセレネが見ても面白い物は無いと思うが」

「そんなこと、ない」

セレネの表情は真剣そのものだ。ミラノとしては、日に弱いセレネを日差しの元にさらけ出したくなかったのだが、日よけの白い帽子まで用意しているところから、セレネの決意は相当固いらしい。仕方なく、ミラノは彼女を近くの木陰へ誘導した。

この修練場は、王宮の敷地内にあった林を切り開いて作ったもので、ところどころ兵士の休憩所として使えそうな木陰が残されていた。陰になっている場所は風通しも良く、訓練で疲れ果てた兵士の休息を取る場所としては絶好のポイントである。

「セレネったら、薔薇園に行こうって言ったのにこっちがいいんだって。じゃ、私はもう戻るから。セレネも飽きたら帰ったほうがいいわよ」

「マリー、ありがと」

セレネが礼を言うと、マリーはひらひらと手を振って、背を向けて去っていった。

「何度も言うが、別に女の子が見て面白い物ではないぞ?」

「いいから」

セレネは短く言うと、木陰の下の草むらに座り込む。ミラノは不思議に思いながらも、元の位置へと戻っていった。

そうして中断していた稽古が再び開始された。どうやらミラノがやっているのは、自分が負けるまで、ひたすらに向かってくる相手を一対一で倒していく「勝ち抜き稽古」のようなものらしい。

　セレネが見たところ、兵士の殆どはミラノよりも大柄だ。それに対し、ミラノは女性と見間違えるほどにか細い。

　そんなミラノが軽く剣を振るうだけで、屈強な兵士が次々とミラノに剣を弾き飛ばされ、ひれ伏していく。まるで手品のようだ。練習試合のため、それぞれが使っている物は練習用の木剣(ぼっけん)だが、王子相手だからといって兵士達が手加減しているようには見えない。

「なに、あれ？」

　もう何十人も相手にしているのに、ミラノの動きは少しも鈍らない。ずぶの素人のセレネでは、太刀筋どころか何をしているのかさえ分からない。

　ミラノの弱点を探そうとすればするほど、その完璧無双ぶりに打ちのめされていく。こんな化け物相手に、一体どうやって愛しい姉姫の純潔を守れというのか。空は青々と晴れ渡っているのに、セレネの心の中には暗雲が立ち込めていく。

「おお？　セレネ殿ではござらんか」

「あれ？　クマ」

　セレネが王子を目線で追っている間に、いつのまにやらクマハチがセレネを見下ろしていた。彼も別の場所でトレーニングをしていたのか、手ぬぐいで汗を拭っている。クマハチは一通り汗を拭き取ると、セレネの横に腰を下ろした。

「ここは兵士の鍛錬の場、セレネ殿のような方が来る場所ではござらんが」

「おうじ、みたくて」

「ミラノ王子でござるか？　確かに、王子の戦い方は見栄えが良いでござるからなぁ。拙者とは大違いでござる」

クマハチは特に卑下した訳ではない。彼はその豪腕を活かし一刀の元に相手を切り伏せる、一撃の重みを重視したパワータイプである。反面、ミラノは俊敏さと技術で勝負するタイプだ。お互いの流派は違えど、彼らはそれぞれの実力を認め合っていた。

だが、セレネには「どうせ俺なんかと王子は違うんだ」と言っているようにしか聞こえなかった。そんなクマハチに対し、セレネはぽん、と肩に手を置く。

「クマ」

「ん？　何でござるか？」

「そのうち、いいこと、あるよ」

「ん？　あ、ああ、かたじけない」

意味は分からないが何故か労われたので、とりあえずクマハチは頷いた。

「おうじ、すごい、じゃくてん、ないの？」

「ミラノ王子はこの国で指折りの剣の使い手にござる。その斬撃の正確さ、身のこなし、さらに『身体強化』まで持っているのだから、確かに弱点無しと言えなくも無いでござるな」

「しんたい、きょうか？」

「ああ、王子の魔力の事でござるよ。セレネ殿の住んでいたアークイラは、どちらかというと魔力を細工する事に長けておるでござろう？」

そう言われて、セレネは封印の扉の刻印を思い出した。あれ以外にも、今セレネが身につけている帽子や服にも魔力が織り込まれている。しかし、それ以外の魔力の使い方というものをセレネは知らない。

「ヘリファルテ王族の得意とする魔力の種類は『身体強化』にござる。魔力を全身に流す事で、五感や肉体を爆発的に強化出来るのでござる。単純だが、白兵戦において最も重要かつ強力な能力でござるな」

それを聞いたセレネは、クマハチから王子に視線を元に戻して睨みつける。あの野郎、そんなチートを使ってやがったのか。道理で一般兵相手に無双出来る筈だ。

「もっとも、王子は滅多に魔力を使わないでござるがな。今もそうでござる」

「……………は？」

間の抜けたセレネの台詞に対し、クマハチは淡々と言葉を紡いでいく。別にセレネに嘘を言っている訳ではなく、本当に事実を述べているという事が、口調からよく分かる。

「王子の魔力は能力の底上げは出来るが、地力が無ければしょせん無意味。伝家の宝刀はそう簡単に抜かないという事でござるな」

「そんなぁ」

あからさまに落胆するセレネの頭を、クマハチは苦笑しながら軽く撫でた。彼女としては、尊敬する王子の全力を見たかったのであろう。

あくまでこれは練習であり、魔力を行使するほどの物ではない。何より、普段から魔力に頼っていては、基礎がおざなりになってしまう。だからミラノはよほどの事が無い限り魔力を使わないし、クマハチもその心意気は買っていた。

もちろん、セレネががっかりしたのは別の理由だ。基本スペックだけで化け物じみている上に、魔力などという隠し玉まで持っている事実を知ってしまい、その壊れ性能に眩暈がしたのだ。本当にこんなチート野郎をどう止めればいいのだ、と。

「さて、そろそろ昼飯の時間でござる。セレネ殿もほどほどで引き上げたほうがよいでござるよ。王子は一度火がつくとなかなか止まらんので、付き合うほうの体が持たないでござる」

クマハチは笑いながらそう言い残し、昼食を摂るために去っていった。

気が付けば、クマハチだけではなく、他の兵士達も徐々に訓練を止め休憩に入っていた。

セレネの耳に入ってくる言葉を拾った限りでは、弁当を持参したり、少し移動したところにある兵舎で食事を取るらしい。

その中で、一人だけ休む気配を見せない者がいた。ミラノだ。

ミラノは自分の鍛錬に付き合ってくれた兵士達に礼を言うと、今度は一人で素振りを始めた。どうやら彼は、昼の休憩など取らず、そのまま訓練を続けるつもりらしい。

それを見てセレネの心の中の闇がどんどん濃くなっていく。もう止めてくれ。これ以上強くならないで下さいと懇願していた。

ただの権力に酔いしれた「馬鹿」なら、付け入る隙はあるかもしれない。

だが、己の権力を振り回し、かつ実力を伴った「悪」は、そう簡単に倒せる物ではない。

『あの王子、まだ修練を続けるつもりのようですな』

セレネが頭を抱えそうになったところで、不意に懐から声が聞こえた。胸元からひょっこりと顔だけを出したバトラーのものだった。バトラーは勤勉さを褒める傾向があるので、ミラノ王子は素晴らしい、とでも言いたいのだろう。

『しかし……いささか厳し過ぎる気がしますな。あれでは長く持ちますまい』

「えっ？」

予想外のバトラーの台詞に、セレネは首を傾げる。

「なに、それ？」

『ひたすらに前を向き、己を磨き上げていくという姿勢は大事です。ですがそれだけでは、いずれ潰れてしまいます。適切な休養や食事を取る事も大事な修練なのですぞ。どうもあの王子、何かに追い立てられているように見えますな』

バトラーの考察は、実に的を射たものであった。

ミラノは自分では気付いていないが、放っておくと自分を限界まで苛め抜く癖がある。大国の第一王子として生まれ、周りから期待され、一刻も早く一人前にならねばという責任感が、彼を過剰な努力へと追い込むのも無理のない話である。

「てきせつ、しょくじ……えいよう……あっ⁉」

急に大声を出したセレネに驚き、バトラーはつぶらな黒い瞳をまばたかせる。

『どうされたのですか姫？　急に大声を上げて』

「バトラー、ありがと！」

バトラーの返事に答える事もなく、セレネは慌てて駆け出す。

そのまま停車場に止まっている馬車を見つけると、凄い勢いで飛び乗った。

「……ふぅ、さすがに限界か」

「王子、いくら稽古中であっても、女性を放置しておいて一人剣を振り回しておるなど、男子の風上にも置けぬぞ」

「クマハチ、セレネは？」

「セレネ殿なら随分前に、慌てた様子で馬車に乗っていったでござる。マリー殿と約束でもしているのでござろう」

ミラノは素振りが終わると、仮想敵を相手にしたイメージトレーニングに没頭していたため、肉体が悲鳴を上げ、強制的に修行が終わるまで、木陰に佇んでいたセレネがいなくなっていた事に気が付かなかった。

「そうか……悪い事をしてしまったな」

「随分と残念そうでござるな。まあ、女子(おなご)には武術は少々野蛮でござるからな。嫌気がさしても仕方が無いでござるよ」

「分かっているさ」

「その割には、何だか寂しそうでござるな」

「やはり、お前には見抜かれてしまうな」

「そりゃあ、拙者と王子は好敵手（ライバル）でござる。相手を追い越すためには、常に状況を把握しておかねばならぬのでな」

クマハチが笑いながら軽口を叩くと、ミラノも笑う。

ミラノは文武両道な男ではあるが、彼が最も得意とし、愛しているのは剣術だ。これに打ち込んでいる時が一番楽しいのだ。

しかし、妹のマリーからは「暑苦しい、野蛮、血なまぐさい」などと散々にこき下ろされている。

応援してくれとは言わないが、やはり面と向かって自分が好きな物を否定されるのは、気持ちの良いものではない。

「セレネならもしかしたら、と思ったのだがな……」

何を馬鹿な事を言っているのかと、ミラノは自分の考えに苦笑する。

セレネは少女だ。こんなむさ苦しい場所にいるより、美しく愛らしい物を見たいのは当然だ。恐らく、ここには興味本位で来たのだが、飽きて帰ってしまったのだろう。

けれど心のどこかで、あの高潔な魂を持つ少女なら、自分の好みを理解してくれるのでは、と思っていた。勝手な妄想の押し付けだ。ミラノは首を振って自嘲する。

「おーじー！」

その時、男だらけの修練場にはありえない、少女の可愛らしい声が響いた。

周りに座っていた兵士達も、ミラノとクマハチも驚く。

「セレネ？」

少し離れた場所に、セレネが立っていたのだ。相変わらず乳白色のドレスに、日よけのためのつばの広い真っ白な帽子を被っていたが、先ほどとは違う点が一つあった。セレネは体に不釣合いなほどの、蔓で編まれた大きなバスケットを両手に下げていた。

よたよたと重そうにバスケットを抱え、それでも何とか頑張りながらミラノとクマハチの前へとやってくる。

「セレネ、帰ったのではなかったのか？」

「これ、おうじに……」

セレネは呼吸が整うと、自分の頭より大きなバスケットを、ミラノに差し出した。

「僕に？」

ミラノが怪訝な表情でバスケットの上に被せられた布を取り除くと、パンや焼いた肉など、様々な料理が大量に盛り付けられていた。籠の脇には水筒と小皿もきちんと用意されている。

「おひる、ごはん、つくった」

「もしかして、僕のためにわざわざ王宮に戻ってまで？」

ミラノが驚きながら問い掛けると、セレネはこくりと頷いた。

横にいたクマハチも、バスケットの中を覗き込む。

「これをセレネ殿が作ったのでござるか⁉　いやはや、見事でござる」

クマハチは感心した。セレネの作ってきた料理は、肉を火で炙り、ソースをたっぷりかけただけの単純な物が多い。王宮の料理人と比べてしまえば、比較にならないほど稚拙な物だ。

だが、料理というものは基本的に下男下女がやるものであり、王族が厨房に立つ事などありえない。

ましてセレネはまだ子供だし、そもそも料理などした事が無いはずだ。厨房に立ったのも今日が初めてだろう。それでこの出来なのだから、まさに天賦の才と呼んでよいレベルである。ミラノとクマハチを驚かすには十分過ぎる。

セレネは生前、自分に対し料理を作ってくれる人間が一人もいなかった。美味い物を安く多く食べたい場合、自分で作るしかなかったので、ある程度料理は出来るのだ。といっても、あまり凝った物は作らず、ブロック肉をぶつ切りにして丸ごと焼くなどの豪快なものが多い。セレネは中途半端に女子力の高いおっさんなのだ。

（神は一体、この子にどれだけの才能を与えたのでござろうか）

「おうじ、たべて」

クマハチの考察などまるで気付かず、上機嫌で王子に笑いかける。料理は野菜が少なめで、圧倒的に肉が多い。ミラノはまだまだ育ち盛りの若い男性であり、肉は大好物だ。まして限界まで動いたのだから、空腹だって極限だ。そしてそれは、同じく鍛錬していたクマハチにも言える事だ。

「拙者のは？」

「ない」

セレネが間髪容れず答えると、クマハチは顔には出さなかったが、正直かなり落胆した。王子は特別だと分かっていても、即答されてしまうとさすがに落ち込む。

「クマハチ、分けてやろうか？」

「ふ、ふん！　そんな脂っこい物ばかり食べていては、余計なぜい肉がつくでござる！」

ミラノの若干からかうような言葉に対し、クマハチは捨て台詞を吐き、他の兵士達が食事している場所へ戻っていった。もちろん、クマハチを含めた兵士達に十分に行き渡るように食事の量は配慮されているが、やはり麗しの姫君お手製の差し入れとは格が違う。

「たべて、たべて！」

「わ、分かった。分かったからそんなに焦らなくてもいい」

本当は少し休んだら再び修練に戻るつもりだったのだが、セレネに背中を押されるようにして、ミラノは半ば強制的に木陰に腰を下ろさせられた。クマハチの言う通り、確かに食事には脂っこい物が多い。

余計な肉が付いたりしないだろうかと逡巡したが、横で目を輝かせながら食べるのを待っているセレネを前にしては、食べない訳にもいかない。

「のみもの、ある」

「ああ、感謝する」

ミラノはぶつ切りにされた焼肉を、恐る恐る口に放り込んだ。基本的に貴族の料理しか口にせず、旅をする際は保存食がメインだが、料理の腕に長けた者を連れていたため、本当に他人が作った手料理を食べるのはこれが初めてなのだ。

「ん⁉　こ、これは⁉」

「どう?」

「ああ、これはとても美味いぞ。形はあまり良くは無いが、味は十分だ」

お世辞ではなく、ミラノは本心からそう呟いた。確かに、セレネの作った料理は、見た目はそれほど綺麗ではない。肉の大きさがまちまちだったり、こんがりと焼けた肉を、山のように盛り付けていたり、まるで男の手料理のようだ。

けれど、それが逆に微笑ましい。男性向けの料理をセレネなりに考えた結果、とにかく大きく、沢山の量をという感じになったのだろう。踏み台を使って調理場に立ち、小さな両手で必死に調理するセレネの姿を想像すると、何とも微笑ましい気持ちになる。

「では、もう一口いただこうか」

「どーぞ」

セレネが皿を差し出すと、ミラノは、ソースのたっぷり付いた肉の塊をフォークで刺して口に放り込む。こんなに大口を開けて食べるのは貴族としてはマナー違反になるが、セレネはそれを咎める気などまるでないらしい。社交辞令を気にせず、純粋に食事を楽しむという行為は、随分と久しぶりのような気がする。

「何だか懐かしいな。もっと小さな頃は、母上の料理をこんな感じで食べていたな。お前の料理は、どこかほっとする」

「よかった」

セレネはほっと胸を撫で下ろすと、華が咲くように笑う。

木漏れ日の下、光り輝く白い髪を風が凪(な)いでいく様は、まるで妖精のようだった。

「もっと、どんどん、たべて」

「いや、美味いのは分かったから、そんなに大量に盛らなくても良いのだが……」

「たべて！」

王子の意見を無視し、セレネは皿に料理をどんどん盛り付けていく。

ミラノも最初は戸惑っていたが、料理の味と、何より体が栄養を欲していたためか、さほど時間も掛からずバスケットは空になった。

「少し食べ過ぎたか……しばらくは身動き出来んな」

「おいしかった？」

「ああ、また食べたいくらいだ」

「ほんと⁉　じゃあ、あしたからも、つくる」

「無理しなくて構わない。セレネは昼に弱いだろう？」

「おうじ、がんばってる、わたし、おうえんする」

その言葉に、ミラノは胸が熱くなった。

武闘派の父であるシュバーンは別として、貴族の女性はミラノの芸術的な部分を好み、泥臭い剣術に関しては、あまり肯定はしてくれなかった。母や妹ですら「王子なのだから、最低限体を鍛えておけばよいではないか」という程度で、あまり彼の趣味を歓迎してはいない。

けれどセレネは違う。彼女は自分のやる事を否定せず、それどころか応援すると言ってくれている。こんな少女は、大陸を練り歩いてきた中で初めてだった。

「そうか……では、無理のない程度にお願いする」

「まかせて！」

セレネはそう言って、本当に嬉しそうに頷いた。

（かかったな、アホめ！）

そして、その眩しい笑顔の裏側で、セレネは邪悪な計画の第一段階に成功した事にガッツポーズを取っていた。

稽古を見て分かったが、王子とまともに殴り合って殺す事は不可能だ。だとすると、毒を盛ったりするしかないが、肝心の毒を手に入れる事が極めて難しい。

まさか街の薬屋さんなどには置いていないだろうし、万が一あったとしても、幼女一人で出向いていって「すみません、猛毒一つ下さい」「あいよ」という訳には行かないだろう。

では、どうすればよいのか。逆の発想をすれば良い。

それは「美味い物を大量に食わせる」である。

バトラーの言葉により、過去世で健康診断を受けた時、偏った食生活を指摘され「あんた、このままだと死ぬわよ！」と医者に注意された事を思い出したのだ。その忠告を無視して肉ばかり食っていた結果、体調を崩し、こうしてセレネ＝アークイラになってしまったのだから、効果は自分で試験済みだ。

本当なら、前に持ってきたアサガオの種なども混ぜ込みたかったのだが、調理場を借りている時は、すぐ横で料理人達が自分を見守っているので、仕込む隙が無かったのだ。もうしばらくは隠し玉として眠らせておくしかないだろう。

満ち足りた表情の王子に気付かれぬよう、セレネは自分の口の中だけでぽつりと呟いた。

「クマ、よくわかってる」

クマハチが指摘した通り、なるべく脂身が多く、塩辛い味付けにしてあるのだ。こんなものばかり食べていれば、余計な脂肪が付き、高血圧になるに違いない。いわば遅効性の毒だ。そこに気付くとは、さすがクマハチである。

効果が出るのに多少の時間は掛かるだろうが、千里の道も一歩から。難攻不落の王子に対し、智謀を巡らせ、一つの布石を撒いた事に、セレネは安堵のため息を漏らした。

——だが、セレネは大きなミスを犯していた。

確かに、脂っこく塩辛い食べ物を長期間食べ続けるのはあまり体に良い事ではないが、それは、過去のセレネのように、中年以降に代謝が落ち、なおかつ運動もせずに過剰摂取を続けた場合である。

ミラノの場合、限界まで自分を痛めつけ、なおかつ節制を心がけていたので、むしろ栄養欠乏気味であり、セレネの作った食事は、ミラノの足りない部分を補う事になるのだ。

そんな事とは露知らず、ミラノは、この愛らしい姫が、明日はどんな料理を作ってくれるだろうかと期待し、一方でセレネは、明日からどんな料理を作り、王子に十三階段を昇らせてやろうかと考える。

ミラノは希望に満ちた表情で、セレネは作戦が上手くいった喜びで、それぞれ違った期待に胸を膨らませ、笑い合っていた。

セレネとマリーの勉強会

「ふぁ～あ」

気の抜けた欠伸(あくび)と共に、セレネは目を覚ました。時刻はまだ昼前であり、セレネにしては随分と早起きである。本来なら夕方まで寝ていたいのだが、王子に毒を盛ると決めた以上、継続してやらないと意味が無い。

セレネは身支度を適当に整え、調理場へと向かう。毎日同じものばかり食わせると警戒される恐れがあり、少しずつ献立を変えないといけないので、なかなか面倒なのだ。

「捕まえたっ！」

「わぁっ⁉」

何者かに後ろから羽交い絞めにされ、セレネはびくりと身を震わせる。慌てて振り向くと、そこにはマリーの顔があった。

「今日こそ逃がさないわよ！　さあ、一緒に勉強しましょ！」

「えぇー」

今日の殺人料理に没頭するあまり、マリーの気配を察知出来なかった後悔と、美少女に抱きつかれた嬉しさが混同し、セレネはなんとも複雑な気分になる。もちろん、マリーと一緒にいたほうが嬉しいのだが、今の自分にはやる事がある。

「わたし、おうじ、いかなきゃ」

「駄目よ！　最近ずっと兄さま兄さまって、私の事が嫌いなの？」

「ち、ちがう！　マリー、すき！」

「なら、ちょっとくらい私と勉強したっていいじゃない。せっかくお友達になれたのに」

「いいよ」

マリーが拗ねるようにおねだりしてきたので、セレネはあっさり職務を放棄した。むさ苦しい男共の所に行くより、可能な限り美少女と暮らしたいというのがセレネの座右の銘だ。昨日王子に毒を盛ったし、すぐに効果が出るものではない。一日くらいサボっても問題ないだろう。自分に甘いセレネは、即座にマリーの意見に鞍替えする。

「ほんと⁉　じゃあ行きましょ！　大丈夫、今日は凄く楽しい授業だから！」

「た、たのしい？」

その言葉を聞いて、セレネに嫌な予感が走る。マリーにとって楽しい授業は、セレネにとってあまり楽しいものではない。というか、勉強という行為自体が嫌いなセレネは、マリーと一緒の空気を吸うためだけに参加するのだが。

そうしてマリーに促され、セレネは王宮のある一室へと連れていかれた。装飾品などは特になく、壁際には何かが入っている木箱、地面には染みが付き、少しくたびれた絨毯が敷いてある。部屋の中央には木製の机と椅子が置いてあるだけ。王宮にしては随分と殺風景な空間だった。

「ここ、じみ」

「この部屋は倉庫みたいなものだから、汚してもいいようになってるの」

マリーはそう言うと、壁際にあった木箱の蓋を開け、いくつか道具を取り出す。何枚かの紙と、チョークのような形をした、木炭の欠片だ。

「なに、これ？」

「絵画の練習用の道具よ。好きな絵を描いて、美術の先生に採点してもらうの。今日は下書きだけだから先生は来ないけど」

「そっか」

その言葉にセレネはほっとする。セレネは芸術的センスが皆無なので、美術は苦手なのだが、監視役がいないのならば気楽だ。どうせ下書きを出した後、次の授業に出る気など無い。適当にマリーと二人きりできゃっきゃっと過ごせるのは、やはり楽しみだった。

「じゃあ始めましょ。さて、何を描こうかしら……そうだわ！　せっかく二人なんだから、お互いの似顔絵を描きましょうよ！」

「う、うん」

そうしてセレネとマリーは向かい合って椅子に座り、木炭を使って無言で絵を描いていく。

「出来たわ！」

「えっ？　もう⁉」

まだ描き始めて三十分も経っていないのに、マリーは既に下書きを終えていた。セレネの驚いた様子を見て、マリーが得意げに胸を張る。

「自慢じゃないけど、私、いっつも先生に褒められるのよ。マリーベル王女は芸術家顔負けだって。お裁縫とか絵画なら、兄さまより自信があるの」

「すごい！」

「凄いでしょ！　ほら、見て見て！　じゃじゃーん！」

マリーは実に眩しい笑顔で、セレネに紙を突きつける。自慢するだけはあり、マリーの描いた下書きは、一目でセレネと分かる儚げな美少女が描かれていた。

「おー！　ぐれいつ！」

「えへへ、私が本気を出せばこんなの簡単よ。で、セレネは？」

「えっ、あっ、うぅ……」

マリーがセレネの絵を覗き込もうとすると、セレネは慌てて紙を背中の後ろに隠した。

「どうしたの？　私も見せたんだから、セレネのも見せてよ」

「う、うう……うわぁぁぁ！」

セレネは持っていた紙をぐしゃぐしゃと丸めると、なんとそのまま飲み込もうとする。

突然の奇行にマリーは驚くが、慌ててセレネの頬を掴み、口から紙を吐き出させる。

「ちょっと！　何やってるのよ！　ヤギじゃないんだから吐き出しなさい！」

「もごごー！」

苦労してセレネの口から紙を吐き出させると、湿った紙をマリーが広げる。そして、同時にセレネの奇行の理由を察した。

「セレネって、絵が下手なのね……」

「うわーん！」

ずばり指摘され、セレネは机に突っ伏し、屈辱に身震いした。セレネの描いたマリーベル王女であるはずの物体は、神話に出てくる異形の怪物達に混じっていても違和感が無い、ある意味で芸術的なタッチで描かれていた。

「ま、まあ、その、何ていうのかな……これはこれで芸術っていうか、天性の才能っていうか……」

マリーの心遣いがセレネには痛い。肉体年齢はマリーのほうが上だが、精神年齢はセレネのほうが何十年も上なのだ。少女に心の底から気を遣われるというのは、はっきり言って情けなさ過ぎる。

「わたし、え、かける！　かみ、ほしい！」

「え？　ま、まあいいけど……」

このままでは沽券(こけん)に関わる。セレネは突然顔を上げ、凄まじい勢いで紙を欲した。マリーにはさっぱり分からないが、とりあえず何枚か手渡す。するとセレネは、その紙の上に木炭を走らせる。その速度は、先ほどとはまるで違う。

「できた！」

「えっ、もう⁉」

ものの五分と経たぬうちに、セレネは一枚の絵を描いた。一体何を描いたのだろう。マリーは恐る恐るその絵を覗き込み、驚愕した。

「何これ⁉　可愛い！」

「ふふん」

今度はセレネが得意げな表情で笑う。セレネが描いたものは、梨をモチーフにした、日本のご当地マスコットキャラだった。デッサンや人間の顔は無理だが、これくらいシンプルなデザインなら、セレネでも何とか描く事が出来るのだ。

「おもしろーい！　ねえねえ、もっと描ける？」

「いいよっ！」

マリーに褒められて調子に乗ったセレネは、菓子パンの頭を持った空飛ぶヒーローや、赤いリボンを付けた白い猫のマスコットなどを次々に紙に描いていく。

「セレネは絵画は下手だけど、凄く想像力があるのね！　こんなの私、絶対思いつかないわ！」

「それほど、でも」

セレネはとびきりの笑顔で答える。無論、全て地球で他の誰かが考えた版権キャラクターであり、完全に丸パクリである。異世界である事をいい事に、セレネは著作権などまるで無視し、完全に自分の手柄にしていた。

ただ、バトラーとは違う白黒の鼠に関しては、異世界まで殴り込んでくる危険性があったので、さすがのセレネも恐れをなして描かなかった。


結局、マリーの課題はすぐに終わり、後は夕方までセレネのお絵描き大会となってしまったのだが、セレネと一緒に遊べた事がよほど楽しかったのか、マリーはセレネの描いた紙を小脇に抱え、上機嫌で出ていった。

興奮冷めやらぬマリーは、鍛錬を終え、王宮に帰ってきたミラノに紙の束を差し出す。

「兄さま！　これ見てちょうだい！　セレネって凄いのよ！」

「何だそれは？　何かのキャラクターか？」

マリーから手渡された紙に描かれた絵を、ミラノは驚きながら一枚一枚確認していく。

どれもこれも、ユーモラスで愛嬌のある妖精のようなマスコットで、子供向けのデザインを学んでいる者達ですら顔負けのものばかりだ。

「セレネってちょっと変わってるけど、本当に色々才能があるのね。あれ？　どうしたの、難しい顔して」

「セレネは、これを全て自分で考えたのだろう？」

「そう言ってたわよ。それがどうかしたの？」

「この妖精達がセレネにとっての空想の友達だったのかと思うと、少しな……」

「あ……」

ミラノの言わんとする事が、マリーにはようやく理解出来た。セレネの想像力が逞しいのは、才能だけではない。ずっとつらい環境に置かれていたセレネは、誰一人として友達がいなかった。

だから、自分で空想の友達を作り上げ、これほどまでに沢山の妖精達を思いつき、頭の中で遊んでいたのだろう。だとしたら、決して喜ばしい事ではない。

「そっか、私一人で勝手に遊んでた……セレネ、ずっとにこにこして絵を描いてたから、気付けなかった」

「あの子は優しい子だ。お前に合わせてくれていたのだろう。お前はお姉さんになりたいのなら、少し気を遣ってやれ」

「う、うん。ごめんなさい」

「いい子だ」

そう言って、ミラノはしょぼくれたマリーの頭を撫でた。以前なら反発して手を払っていただろうが、今日のマリーは素直に受け入れた。

「兄さま！　私、セレネともっともっと仲良くなるわ！　こんな空想の妖精達を忘れちゃうくらい！」

「そうだな、それがセレネのためでもあり、お前のためでもある。歳の近いお前が一番適任の仕事だ。頼んだぞ！」

「まっかせといて！　私は姫の中の姫、マリーベルよ。簡単だわ！」

自分にしか出来ない仕事、そう言われ、マリーは奮起する。まだ完全に人を信じ切れない、セレネの凍りついた心を溶かせるのは、自分が最適なのだ。父や母が言っていた、人を守る事で強くなれるという意味が、幼いマリーにも少しだけ理解出来たようだった。

祝福の女神

セレネによる聖王子暗殺計画が発動されてから数日後の早朝、まだ朝靄の残る時間帯にもかかわらず、ミラノは朝稽古の前の一仕事を自室で進めていた。調度品の類は殆ど無い。全身を映す大型の鏡。簡素な机にベッド。必要最低限の小物を並べただけの大国の王子にしては随分と簡素な部屋であるが、多忙なミラノは自室にいる事自体が少ないので、あまり不自由には感じていなかった。

「やれやれ、ようやく終わりが見えてきたな……」

ミラノは机に向かいながら、凝り固まった肩をほぐすように鳴らす。

「さすがに無茶をした分だけ、体裁を整えるのも大変でござるなぁ」

「見てないで少しは手伝え」

山積みになった書類相手に悪戦苦闘するミラノの横では、ベッドにどっかりと腰を下ろしたクマハチが笑いを噛み殺していた。いくらヘリファルテが解放的な風土と言えど、王子の部屋に入れるのはごく限られた人間だけだ。王子の親友であり、護衛役という立場であるクマハチは補佐――もとい、ひやかしという目的で、よく遊びにきているのだ。

「拙者はあくまで護衛役であり、武士にござる。そんな書類は文官にでも任せておけばよいでござろう」

「僕が起こした問題だ。責任は僕が取る」

ミラノが先ほどから取り組んでいるのは、以前から進めていたアルエの受け入れの手続きだ。ヘリファルテ王宮には優秀な文官が何人も登用されているので、彼らに丸投げし、自分は最後にチェックするだけという事も可能ではあったのだが、彼はそれを良しとしなかった。

父から責任は自分で取れと言われている事もあるが、セレネに関する事は、なるべく自分で処理したいという気持ちからくる行動であった。

大陸全土から入学希望者が殺到する学府に対し、セレネの事を伏せつつ、辺境の姫を優先して受け入れさせる文言を考えるのに思った以上に時間が掛かってしまったが、これでようやく大体の準備が整った。後は書類が大学に受理されれば、アルエ姫の到着を待つだけである。

「セレネには、感謝せねばな」

ミラノが出来あがった書類の束を纏めながら呟くと、クマハチも無言で頷いた。

セレネと出会ってからというもの、ミラノにとって信じられないほど充実した日々が続いていた。セレネが間に入ってくれる事で、マリーとの溝も大分埋まりつつある。父と母も、愛くるしいセレネの事を気に入っているようで、彼女を話の種にする事も多い。

特に母であるアイビスが、衣装映えするセレネに大量に服を贈ったものの、あの乳白色のドレス以外、あまり着たがらないと冷やかされたのをよく覚えている。

かくいうミラノ自身も、セレネの差し入れを受け入れてからというもの、すこぶる体調が良い。今まで自分にこびりついていた澱（おり）のような物が消え去り、その分、自分に足りない物が満たされていく感覚を自覚出来るほどだ。

セレネを受け入れた事により、書類の山に忙殺され、責任も増えたが、逆にそれが彼に程よい緊張感を与え、惰性に流される事が無くなった。ミラノにとって――いや、ヘリファルテ王家にとって、セレネはまさに祝福の女神であった。貴族のご機嫌取りをしながら放浪していた、あの鬱屈（うっくつ）した日々が嘘のようだ。

「セレネはどうしている？」

「先ほど様子を見てきたが、まだ部屋で眠っているようでござる」

「そうか、僕も稽古に行く前に、様子を見てくるとしよう」

「夜這い……もとい朝這いにござるか？」

「人聞きの悪い事を言うな」

にやにやと笑みを浮かべるクマハチの軽口を、ミラノは眉をしかめて流す。そのまま自室を出ると、セレネの寝室へと向かった。セレネは全く気付いていないが、ここのところ、ミラノは朝稽古に向かう前は、必ずセレネの様子を見にいくようになっていた。もちろん、朝に弱いセレネはこの時間ぐっすりと眠っているので、あくまで軽く様子を窺うだけだ。

ミラノはドアを軽くノックして反応が無いのを確認し、セレネを起こさないように、そっとドアを開けた。カーテンから漏れ出す朝日によって、うっすらと明るくなった部屋の中、セレネはあどけない寝顔で、気持ち良さそうにすやすやと眠っていた。

あと数時間もすれば慌てて飛び起き、自分のために食事を作る少女の姿を想像すると、何とも満ち足りた気持ちになる。

「僕は、少し急ぎ過ぎていたのかもしれないな」

セレネの染み一つ無い、白磁のような柔らかい頬を撫でながら、ミラノは小さく呟いた。穏やかな寝息を立てる無防備な姿を見ていると、ミラノは今までの焦りが、朝靄が晴れるように掻き消えていく気持ちになる。

一刻も早く立派な王子となり、一国を背負う人材にならねばと気張ってきた。その重責が知らぬうちに心に蓄積していき、アークイラでは爆発寸前になっていた。

普段は超然としているが、自分ですら気付かない感覚を察知し、必要な物を与えてくれるセレネを見ていると、過去の自分が滑稽に思えてくる。そのくらい今のミラノの心には余裕が生まれていた。

セレネには申し訳無いが、神がセレネに不幸な境遇を与えた事に対し、ミラノは感謝していた。そうでなければ、彼女とこうして一緒に過ごす事は無かったであろう。同時に、彼女に輝く光の下で長く過ごせない身体を与えた事に対しては、文句を言いたくなる。

セレネとしては、日差しに弱い身体と押し込められた環境は、堂々と昼寝出来る大義名分になるので神に感謝していたのだが、そんな事はミラノも、姉のアルエですら知らないのだから仕方ない。

「あまり気乗りはしないが、そろそろヴァルベールに向かう頃合か」

わざと辺境を練り歩いて時間稼ぎをし、帰国してからはアルエの受け入れ準備と称し、さらに時間を稼いでいたが、これ以上先延ばしにすると、本気で向こうから殴り込みをされかねない。

あまり長期滞在するつもりはないし、嫌な事は早めに済ませておきたい。

何より、セレネの見聞を広めるためと考えれば、隣国行きも耐えられる。

ミラノは気合を入れなおし、朝稽古へと向かっていった。

「おうじー!」

昼時になると、バスケットを抱えたセレネが修練場へとやってきた。

ここ最近、すっかり兵士達のアイドルと化した少女の乱入を頃合とし、兵士達は稽古を止め、休息に入る事が多くなっていた。

セレネが現れるようになってからというもの、兵士達の士気は見違えるほどに上がっていた。というのも、今までは王子一人が休みも取らず、厳しい修行をしているのに、下っ端の自分達が休むという行為に何となく後ろめたさを感じ、完全に心安らぐ時間が無かったのだ。

セレネが登場し、王子に強引に食事を勧め、これまた強引に休息を促すので、他の兵士達も大手を振って休む事が出来るようになった。それだけではない、未婚の若い兵士達は、セレネの幼いながらも類稀な美貌に、すっかり虜になってしまったのだ。

ヘリファルテは自由の国だ。クマハチを始め、実力と誠実な意思さえあれば、誰もが成り上がれる可能性がある。セレネも表向きは「才能を買われ、王国の人材になるために預けられた身分の低い者」と公言されていた。

つまり、現在は別に王子の婚約者という触れ書きではないし、高嶺の花ではあるが、決して手の届かない場所に咲く存在ではないのだ。

数年後には、それはそれは美しい女性となるだろう。であるのに、それを全く鼻にかけない貞淑さ。何より、遠目からでも分かるほどに、王子を甲斐甲斐しく労わるその姿。あの少女を手に入れたいと思う若年兵達が出るのも当然である。そういった事情もあり、血気盛んな猛者達は、これまで以上の鍛錬に励んでいた。

セレネはむさ苦しい修練場に咲く一輪の花であり、まるで七人の小人達に慕われる白雪姫のような扱いを受けていた。実際には白雪姫ではなく、毒リンゴを食べさせるババアのポジションなのだが、それに気付けというのは、色々な意味で酷であろう。

「ばるべーる、おうこく?」

他の兵士達にはわき目も振らず、セレネは今日もミラノにせっせと毒物――塩辛い肉を切り分けながら、聞きなれない単語を尋ね返した。

「僕が遊学の旅をしているのはセレネも知っているだろう? アルエ姫の件もあらかた片付いたし、次は隣国、ヴァルベールへ行こうかと思っている」

「おうじ、いっちゃうの?」

王子がいなくなってしまえば、それだけ毒を盛る回数が減ってしまう。セレネはそれを嘆いたが、飼い主に置き去りにされる子猫のような仕草を見たミラノは、セレネが、自分が置いていかれる事を悲しがっていると思い、優しく笑いかけた。

「その件なのだが、セレネも一緒に来てくれないか？　ヘリファルテの王宮に篭っているだけでは退屈だろう？　この国から近いし、観光も出来ると思う」

「えっ？」

「本当なら王族として連れていきたいが、お前の身分を隠さねばならないからな。あくまで使用人の一人という形になるが」

ミラノは申し訳無さそうに、すまない、と付け加えた。別に使用人だろうが何だろうがセレネはどうでも良かったが、そもそも何故、放蕩王子の道楽に付き合わねばならないのか。台所が使えないのだから、お弁当という名の殺人兵器の製造も出来ないだろう。

ならば絶対に行きたくない。せっかく王子がいないのだから、一日中寝て過ごしたり、マリーといちゃついたり、バトラーと情報収集をしたほうが、遥かに有意義ではないか。

ノーサンキューだ。そう思いセレネが口を開こうとした直前、ミラノはさらに一言付け加える。

「それと、もう一つ伝えておく事がある。実は、ヴァルベールの姫は呪われているという噂があってな……」

「のろい?」

「あくまでそういった噂があるというだけだ。実際に彼女が何かしたという証拠は無い」

不思議そうなセレネに対し、ミラノは説明をした。ヴァルベールの姫は、不思議な力を持っていると言われているのだそうだ。

彼女はヘリファルテのマリーベルを除けば、大陸ナンバー2の国家の姫君である。そんな彼女に対し、結婚を申し込む男性もかなりの数に上るらしい。しかし、彼女に近づいた直後、体調を崩し、病床に伏してしまう者が出るという噂が流れているのだそうだ。

彼女の持っている魔力のせいなのか、はたまた風土の問題なのか、はっきりとした原因は分からないが、少なくとも何人か倒れた事は事実のようだ。

「まあ、旅の疲れが偶然出ただけだとは思うのだがな。僕は彼女と幼少期から交流があるが、この通り何ともない」

「おさななじみ!?」

「まあ、そうとも言えるが……急にどうした?」

幼少期から付き合いがあると言った瞬間、セレネは急に不機嫌になり、王子を睨む。

ミラノは怪訝な表情を浮かべたが、過去の事例を思い出し、セレネの求めている答えを言ってやる事にした。

「別に彼女とは恋愛関係ではないぞ？　あくまで国家間でのやりとりで顔を合わせているというだけだ」

「ほんとにぃ？」

「本当だ」

ミラノがそう言い切ると、セレネは完全に納得はしていないようだが、どうやら矛を収めたようだ。

（セレネは幼いと思っていたが、淑女として扱わねばならないな）

ミラノは小さな淑女に対し、くすりと微笑んだ。アークイラに行くまでに何カ国か訪問したが、ヴァルベールに女性の幼馴染がいると話すと、不機嫌になる貴族の娘達はかなり多かった。

何故彼女達が態度を急変させるかさっぱり理解出来ず、クマハチに尋ねたところ、呆れたように「そりゃ、目の前の男が自分を差し置き、交流の深い女の話題を出したら、不機嫌になるのも当然でござろう」と言われ、そこでようやく意味が分かったのだ。

それ以来、そうした流れになった場合、あくまで知り合いであるとフォローをする事にした。事実、彼女とは幼少期からの顔見知りというだけで何とも思っていない。むしろ苦手なタイプに入る。

セレネはまだ幼いので、そういった事とは無縁だと思っていたが、小さくても女性は女性であるという事に、ミラノは何だか微笑ましくなった。

一方でセレネは、「完璧超人な上に幼馴染も完備とか、お前は物語の主人公かよ！」と心の中で呪詛を吐きつつも、その隣国の姫とやらにどうしても会いたくなった。

男を呪い、衰弱させる事が出来る可能性を持つ姫なのだ。しかも幼馴染キャラである。

セレネの目的は王子暗殺であるが、それはあくまで方法の一つに過ぎない。

大事なのは、姉であるアルエをこの王子から守り、自分と姉が幸せに暮らしていく事である。要は王子に手出しされない状況を作る事が出来れば良いのだ。隣国の姫の力は、今のところミラノには効果が無いようだが、それでもかなり有望な能力に違いない。

「セレネの隣国行きはあくまで提案だ。強制ではない。行きたくないなら無視して構わない」

「いく！」

「……本当にいいのか？　念のため、セレネにはなるべく近づけさせないようにするが、あまり楽しい話では無いからな」

「いくったら、いく！」

「彼女は呪われているのかもしれないぞ？　怖くないのか？」

「のろいだから、いく」

セレネの不可解な台詞にミラノは首を傾げる。もしかしたら、セレネは自分を心配してくれているのかもしれない。噂はあくまで噂であり、それほど恐れる事ではない。むしろそんな都市伝説のような物より、姫自体が厄介だ。だが、祝福の女神であるセレネを連れていけば、気が重い隣国訪問も上手くいくかもしれない。

「分かった。では明日から早速、出発の準備させよう」

「うん！」

セレネは力強く頷いた。仮に呪いとやらの効果が無くても、その幼馴染とミラノをくっつけてしまえば、おいそれとアルエに手を出す事も出来ないだろう。結婚は人生の墓場と言うではないか、ならば、生きながらにして貴様を墓場に縛り付けてくれよう。

（王子と、幼馴染を、くっつける！）

呪われた姫というのがどんな存在か分からないが、何とかミラノの目を盗んで、出来る限り恋のキューピッドになってやろう。愛の矢を放つフリをしつつ、その心臓を毒矢で撃ち抜くのだ。

「ばきゅーん」

食事が終わり、稽古に戻る王子の背中に対し、セレネは人差し指と親指を立てて銃に見立てると、ミラノの背中を撃ち抜く動作を取り、満足そうに笑った。

ヴァルベールの姫君

ヴァルベール王国への訪問が決まってから二日後、セレネはミラノに連れられ、ヘリファルテを出発した。今回は軽装の護衛兵士が数名と、セレネの世話役としてメイドが数名という、今までに輪をかけて少ない人数だった。というのも、隣国の王女は美醜（びしゅう）や体裁にとにかく拘るので、見目麗しい者を厳選して選んだからである。

今回用意された馬車も、以前乗っていた実用性を重視した物ではなく、所々に彫り物や装飾の施された、馬車というより芸術品のようなタイプの物だった。しかし、前回の旅と最も違う点があり、セレネはそれが不満だった。

馬車の中、ミラノの横に仕方無さそうに座っていたセレネが愚痴をこぼす。

「なんで、クマ、いない？」

「今回はヴァルベール行きだからな。クマハチはあまり適任ではないのだ」

ミラノは短くそう答えた。単純な国力で言えば、ヘリファルテに比べてヴァルベールは、ダブルスコアどころかトリプルスコアほどの差がある。しかし、それでも大陸においてナンバー2の実力を持つ国家である事は間違いない。

　クマハチは丈夫（ますらお）であるが美丈夫ではない。不潔ではないが堅苦しい服装を好まない。今までの国のようにヘリファルテの威光でごり押ししてしまい、後で余計な難癖を付けられると面倒だ。

　それに、ヘリファルテとヴァルベールは馬車で三日もあれば着く距離だ。所々に宿屋と警備兵の詰め所を兼ねた施設も設置されているので、盗賊なども滅多に現れない。他の兵士達の指導も出来るクマハチをわざわざ連れてくるのは、色々な意味で無駄が多い。

　しかし、セレネにはその辺の事情がよく分からない。辺境に行く時はクマハチを連れていたくせに、いざ大国に行くとなると、適当な理由をつけてハブっているとしか考えられなかった。ヘリファルテを出る際、笑いながら見送ってくれたクマハチの表情が、セレネの網膜（もうまく）にまだ焼きついている。顔では笑っていたが、きっと心では泣いていたに違いない。

　この王子からすれば、クマハチは番犬程度の扱いなのだろう。美味しい物を食べるために自分はレストランに入るくせに、飼い犬は炎天下の外に繋いで待たせておく、無慈悲な飼い主だ。かわいそうなゾウならぬ、かわいそうなクマにセレネは同情した。

　鬼畜王子から目を逸らすため、セレネは頬杖を突いて馬車から外を眺めた。すると、輝く青空の下、真紅の巨大な生物が飛んでいくのが見えた。以前、アークイラを出発した時に見た竜である。

「ドラゴン、また、とんでる」

「またあいつかよ」といった感じの、いかにも投げやりな口調でセレネは呟いた。最初に見た時は衝撃的だったが、ヘリファルテを出発してからというもの、朝には南へ飛んでいき、夕暮れになると北へと飛び去っていく竜を毎日見ていると、いい加減飽きが来る。

いくらパンダやコアラが珍しく人気者だろうが、毎日何時間も見せられたら飽きるのと理屈は同じだ。

「きん、ぎん、きしょうしゅ、いないのかな？」

こちらを気にも留めず上空を飛ぶ赤竜に対し、セレネは文句を言った。

毎日毎日赤い奴ばかり飛んでいたら飽きるではないか、金色や銀色の奴も飛ばしてみてはどうか。それとも、やっぱりあいつらは希少種なんだろうか。何にせよ、少しは観客の事も考えて欲しいものだと、セレネは飛び去っていく背中に自分勝手なクレームをつけた。別に竜はエンターテイナーでも何でもないのだから、そんなもん竜の勝手である。

「ん？」

飛び去ろうとしていた竜が急停止し、一瞬、セレネのほうを見た。まさか自分の愚痴が竜に聞こえていたのではないか。セレネは焦り、違う違うと手を振る。竜は少しの間セレネを見つめていたが、そのまま何もせずに飛び去った。セレネは少し不思議に思ったが、襲われなくて良かったと安堵し、すぐに忘れてしまった。

そのまま馬車に三日間ほど揺られ、セレネ達はヴァルベール王国へと到着した。ヴァルベール以外の国なら、その土地の風土や、生活習慣を学ぶために数週間は滞在するようにしていたが、今回、ミラノは出来る限り早く切り上げて帰るつもりでいた。

ヴァルベール王国の王都は、さすがにヘリファルテに次ぐ国家の中心部だけあって、なかなかに立派な都市であった。単純に中心街の活気だけで言えば、ヘリファルテの王都より立派かもしれない。しかし――。

「なんか、きったない」

「やはり、セレネもそう思うか」

セレネの言う通り、中心部は栄えているが、その発展の仕方が歪なのだ。ヘリファルテの建築方式を、そのままコピーして作られたような建物が表通りに立ち並び、それらは無駄に凝った外装で補強されているのに対し、道を一つ裏に逸れるだけで、急激にみすぼらしい建物だらけになる。まるでハリボテのような街並みだ。

通りを行き交う人々も、どこかくたびれた表情をしている。ヘリファルテの来賓を迎え入れるため、無理に笑っているのが鈍感なセレネにも感じ取れるほどだ。ヴァルベールの人々を見たセレネは、満員電車に揺られる疲れきったサラリーマンの姿を思い出し、何とも嫌な気分になる。

「ヴァルベールはヘリファルテに合わせ、無理に街を作り変えたようだからな。細かい部分まで行き届いていないのだろう。中心部に住む民は優雅かもしれんが、裏は見ての通りだ」

「つまんない」

「ああ、全くだ」

セレネは少し怒ったような表情で、メッキされた黄金の街を眺めていた。その横顔を見たミラノも、セレネの意見に同意した。成り上がりの一部の金持ちだけが優遇され、それ以外の国民は打ち捨てられている。そんな政治をしていては、すぐに国は行き詰るだろう。今が、自分達が良ければそれで良いという、実につまらない考え方だ。

セレネがつまらないと言ったのは、ヴァルベールの民を思っての事ではない。何でここがヘリファルテじゃないんだという意味だった。国王が暴君で、国民が悪漢揃いだったら、国ごとぶっ潰しても罪悪感など無いのに。

王子（ミラノ）という患部だけにメスを入れなければならない医師（セレネ）の気持ちも考えて欲しいとい

う、何とも理不尽な怒りである。

セレネもミラノも無言のまま、目抜き通りを抜け、ヴァルベールの王宮へ到着した。ヘリファルテの土台に拘る作りとは違い、金色に拘った装飾が全体に張り巡らされた、ただ巨大な事を自慢するだけの建物であった。

建造にコストが掛かっているのは間違いないだろうが、ごてごてと金目の物を取り付けましたという感じで、まるで着膨れしたピエロのようだ。

城門の近くにいた衛兵にミラノが話し掛けると、衛兵はミラノとセレネに馬車から降りるように促し、そのまま馬車を預かり、どこかへ誘導していった。どうやら専用の馬車置き場があるらしい。

「あら！　ミラノ王子！　ついにいらしてくれたのねっ！」

そうしてミラノとセレネが降り立ち、宮殿に近づくと。入り口付近からきんきんする声が響いた。その直後、他の従者の制止を振り切り、一人の女性が眩（まばゆ）い笑顔でミラノ達の元へ駆け寄ってくるのが見えた。

年頃はアルエと同じ程度だろうか、ボリュームのある栗色の髪に鳶色の瞳、どの指にも色とりどりの宝石をあしらった指輪をつけており、身に着けた原色に近い紫色のドレスには、金や銀のぎらぎらする装飾品を大量に付けていた。

「はぁ、相変わらずだな」

その姿を見たミラノは、彼にしては珍しく、あからさまに嫌そうな顔で舌打ちをした。セレネも同時に渋面を作る。無論、女性ではなくミラノに対してだ。女に擦り寄られているのに、ぜいたくを言うんじゃねぇ、と。

「久しぶりだな。エンテ王女」

「あら、エンテ王女なんて仰々しく呼ばないでちょうだい。エンテでいいわ、ミラノ王子。出来れば、私も王子の事を呼び捨てにしたいわぁ」

エンテと呼ばれた吊り目の王女が、大量に身に着けた装飾に劣らぬほど、ぎらぎらした笑顔でミラノの手を強引に握る。ミラノはありったけの精神力を総動員し、何とか笑顔を作ると、握手をしながらもさりげなく片足を一歩引いた。

「今回はあくまで遊学ついでに挨拶に来ただけだ。気遣いはありがたいが、遠慮させていただこう」

「もーう！　相変わらず堅いんだからぁ」

ミラノはかろうじて笑顔を保っているが、よくよく見れば顔が引きつっている。これに気付かないのは、熱病に浮かされたような状態のエンテ本人と、嫉妬深いセレネくらいのものだ。自分の斜め下にいる赤い目から発せられる憎悪の視線に気付いたミラノは、慌てて弁解をする。

「セレネ、この方はエンテ王女だ。ヴァルベールの姫で、私の幼少期からの知り合いだ」

知り合い、という部分を強調してミラノは発音した。

そこで初めて、エンテはセレネの存在に気が付いたようだ。エンテにとって、ミラノ以外は視界に入っていなかったらしい。

「何よ、このちびっこいの？」

「この子はセレネ、色々あって、私が預かる事になった」

「色々⁉　色々って何よ⁉　何でミラノ王子が女を囲ってるのよ⁉」

「囲っている訳ではない。子供の前で、慎みのない発言は控えていただきたいのだが」

「へぇ……ミラノ王子が、私以外の女を……ねぇ」

ミラノの台詞を聞いたエンテは、セレネに対し射殺すような視線を送る。美少女大好きおじさんなセレネですら、その眼光に一歩引く。やだ、この人怖い。幸いにも、エンテはすぐにミラノに視線を移す。

「ねえ、ミラノ王子。ちょっと聞いていいかしら？」

「何だ？」

「何で、私は『エンテ王女』なのに、このチビは呼び捨てなの？」

「何でと言われても、この子は私の従者のようなものだ。呼び捨てにするのは当然では？」

「私もそう呼んで下さいって、もう何度も言ってるじゃない！」

「この子とエンテ王女では、身分が違うのでな」

ミラノは身分の違いという部分を巧みに利用し、淡々と切り抜けた。エンテは非常に気性が激しいので、要望を一度聞いてしまうと、そのままどんどん押し切られてしまう。なのでミラノは、なるべく事務的に聞き流すようにしていた。

「まぁ、いいわ。せっかくミラノ王子が来てくれたんだから、怒ってばかりいてはつまらないものね。寛大な心で、その子の無礼は許してあげるわ」

「わたし、なにも、してない」

「……何か言ったかしら？」

「なんでも、ない、です」

氷のような口調に、さすがのセレネも背をぴんと伸ばし失言を撤回した。ついでに何故か敬礼までした。

「さあ、堅苦しい挨拶は抜きにして、早く行きましょ？　ミラノ王子が自国から旅に出たって聞いてから、私、毎日毎日、来賓のための部屋を掃除させていたのよ。も・ち・ろ・ん、私の寝室もね」

男を蕩かすような口調で、エンテはミラノにしなを作る。当然セレネなど、路傍の石の如くスルーだ。

公言は出来ないが、セレネとて王族なのだ。下に見られる扱いをされるのは最大の屈辱だろう。そう思い、ミラノは申し訳無さそうにセレネに目線を送るが、セレネは柳に風とばかりに悠然と構えていた。目の前の虚飾にまみれた王女と違い、凛とした佇まいにミラノは深く感心した。

単純に、セレネは王族のプライドという物をこれっぽっちも持ち合わせていないだけなのだが。

セレネはというと、エンテ王女の振る舞いを見て、ただ安堵していた。エンテ王女は確かに美人ではあるが、ぎらぎらとした眼光と細面は、どこかカマキリを思わせる。アルエのような癒し系の可愛い幼馴染だったら嫉妬したが、これなら安心して王子に押し付ける事が出来る。

どうもミラノはエンテ王女にあまり興味は無く、なるべく接触を避けたがっている節がある。だが、エンテを避ける事など、たとえ神が許そうと、このセレネが許さない。ミラノ王子には、このカマキリみたいな王女と是非とも親密になってもらわねばならない。

「ざまあ」

セレネは声が漏れないよう、口の中だけでそう呟いた。カマキリは交尾すると、高確率でメスがオスを食い殺すという与太話を聞いた事をセレネは思い出し、我ながら上手い喩えだとほくそ笑む。

「セレネ、少し協力してくれ」

ミラノがセレネにだけ聞こえるようにそっと囁いた。その直後、ミラノは、セレネの身体を両手ですくい上げるように抱きかかえた。いわゆるお姫様抱っこという奴である。

王子が巨大なカマキリにがっちりホールドされ、頭からバリバリ食われる姿を妄想していたセレネは反応が遅れ、抵抗出来ないまま抱きかかえられてしまった。自らが王子にがっちりホールドされてしまった訳である。合掌である。

「え？　な？　ひゃっ⁉」

「ミラノ王子⁉　一体何を⁉」

そして、セレネ以上に驚愕しているのは、目の前のエンテ王女だった。

「すまない。セレネの体調が少し悪いようでな。世間話は後にして、まずは静養させてやりたいのだが、どこか休める場所は無いか？　来賓の部屋は毎日清掃してあるのだろう？」

「それは……で、でもミラノ王子が抱えなくても！　自分で歩かせればいいじゃない！」

「この子はあまり体が丈夫ではないのでな、ヘリファルテに連れてきた直後も、無理をさせて倒れてしまった事がある」

ミラノからしてみれば、それは紛れもない事実だったので、この言葉はセレネを心配してという意味もあるし、エンテとの会話を打ち切る意味もある。本音半分、建前半分といったところだ。

一方でセレネはというと、抱かれるのを嫌がる子猫のように暴れて逃げようとしていた。しかし、いかんせん体力差があり過ぎる。まるで柔道の固め技でも喰らったように、小さく足をばたばたさせるだけだった。

「……分かったわよ。城の者に案内させるわ」

「感謝する。後ほど、またお会いしよう」

ミラノは優雅な動作で会釈し、エンテの横を通り過ぎた。その後姿を、エンテは般若のような表情で見送ったが、ミラノとセレネは幸か不幸かそれを見る事はなかった。そうして案内役の者に促され宮殿に入り、指示されたセレネ用の部屋へ入室した。

「やめろー！　はなせぇー！」

部屋に入るや否や、堪忍袋の緒が切れたセレネは、ミラノの頬に容赦ない平手打ちを叩き込んだ。セレネとしては首をねじ切る勢いでぶっ叩いたつもりだったが、ミラノには殆ど効いていないらしい。ミラノは特に痛がる風でもなく、セレネを床の上に下ろした。

セレネは脱兎の如く部屋の隅に逃げ、壁を背に、威嚇するように大の字に身構えた。

「すまない。あのままでは本当にエンテの部屋に連れ込まれそうだったのでな」

「いけば、よかった」

「そんな事を言わないでくれ。社交辞令とは言え、身分が違うなどと言って申し訳無かった。いきなり抱きかかえた事も謝ろう。しかし、あの王女はどうにも苦手でな」

「ふん！」

ミラノが謝罪しても、セレネの怒りはまだ収まらないらしい。他の女性にうつつを抜かしたように見えているのだろうか。ミラノは肩をすくめ、上流階級の淑女を相手取る時のように、恭しく頭を下げた。それでも、セレネは未だに眉間に皺を寄せている。

（意外と嫉妬深いのだな……）

実際には、王子が気を利かせて抱き上げた事自体が不快だった訳だが。

「僕はこのまま城の者達に挨拶回りに行かねばならないが、セレネは先に休んでいるといい」

ミラノはそう言うと、セレネを一人残し部屋を出ていった。

「やはり、エンテに関わるとろくな事が無いな……」

打たれた頬をさすりながら、ミラノはドアに背を預け、ため息を吐いた。

名目上は遊学の旅ではあるが、はっきり言ってヴァルベールで学べる事は殆ど無い。

ヴァルベールはヘリファルテをライバル視しているせいか、文化の面でも無理に似せようとしている部分が多い。風土を活かした独特の産業や知識というものがあまりなく、ヘリファルテの劣化コピーばかりなのだ。

ヴァルベールとしても、表向き「大国の王子がわざわざ挨拶に来た」という大義名分が欲しいだけだろう。本気で自分の来訪を望んでいる者は、過剰なまでに張り付いてくるエンテくらいのものだ。

可能な限り速やかに撤退をするのがベストだろう。夕食までにセレネの機嫌が直っている事を期待しつつ、ミラノは一人、億劫な社交辞令に出向いていった。


「しゅみ、いまいち」

一方、部屋に残されたセレネはというと、用意された部屋の内装に辟易していた。殆ど全ての家具に金箔が貼られており、その上には、よく分からない形をした芸術品っぽい謎の物体や、熊の頭の付いたカーペット、壁に掛かる鹿の頭の剥製など、アニメや漫画以外で見た事も無いような調度品がずらりと並んでいた。

『どれもこれも全て虚構、まやかしでございますな』

セレネは、絨毯の熊の頭に手を突っ込んで遊んだりしていたが、服の中で大人しくしていたバトラーが、辛抱たまらんと言わんばかりに飛び出した。

『まったく！　これはどういう事か！　偉大なる姫に対し、このような劣悪な部屋を提供するとは！　どれもこれも金だけは掛かっているようですが、美術品としては三流も三流、悪趣味もいいところでございます。それに、これを見て下されʼ
バトラーは憤慨しながら、一足飛びで棚の上に飛び乗ると、金ぴかの小瓶を両手で抱えて逆さにした。すると、中から埃がぱらぱらと零れ落ちる。

『目に見える部分だけは小綺麗にしてありますが、細部までは気が回らないようですな』

「バトラー、こじゅうと？」

バトラーの文句の付け方が、まるで窓の埃をチェックする小姑のように見えて、セレネはくすくす笑った。

全体的に悪趣味な部屋であるが、豹柄である事を除けば、ベッド自体はかなり良い物だ。セレネにとって重要なのは、飯の量がいかに多いかと、布団がいかに寝心地がいいかだけだ。元々、セレネは煎餅布団一枚あれば、どこでもいくらでも眠れる性質なのだ。

『姫は少々お優し過ぎる気がします。あのエンテとかいう小娘がつけ上がりますぞ』

しかし、バトラーはそれ以上文句は言わなかった。この慈悲深く、寛大な心こそ王者の証そのもの。器の大きさの証明なのだ。害獣と呼ばれる自分すら受け入れ、知恵と力を授けてくれた偉大なる王女は、こんな嫌がらせ程度、笑って許してしまえるのだろう。

そう考えれば、あんな小物相手に憤慨するのも馬鹿馬鹿しいではないか。主はそれをよく分かっている。

『やれやれ、私も姫の執事として、まだまだでございますな』

「え？　なにが？」

『姫、私は厨房に様子を見に行こうと思うのですが、お時間をいただいてもよろしいですかな？』

「おなか、すいた？」

『いいえ、あのエンテとかいう小娘、どうやらミラノ王子に好意を持っているようです。姫に用意された部屋がこのざまでは、食事も何か悪い物を出してくる恐れがありますからな。食材の調査をしたいのです』

「ゆるす」

『ありがとうございます。では、このバトラー、早速一仕事をさせていただきます』

二本足で立ち、敬意の篭った一礼をセレネにすると、バトラーは矢のように駆け出し、開け放たれた窓から飛び出していった。そうして完全に一人取り残されたセレネは、ベッドの上に身を投げ出し、どうしたものかと考える。

「どうしよう……」

セレネは片手で、絹糸のような白い髪をくしゃりと握る。セレネの最初の予定では、おしゃれな姫なのだから、お茶会か何かでもやるだろうと踏んでいた。そこに自分もさりげなく乱入し、エンテと王子の会話に混ざる。

そこから「女の子を泣かすなんてサイテー！」みたいな、女二人に男一人の気まずい空気を作り、なし崩し的に押し付ける予定だった。貴重な睡眠時間を二時間も削って考えた、巧妙な作戦だったのだ。

その作戦も、王子の間抜けな振る舞いによって水泡に帰してしまった。再び計画を練り直さなければならない。しかし、どうすればエンテ王女と面会出来るのだろうか。

自分がアークイラの姫という立場を公言出来れば、直接訪問し、強引にお茶会を開かせるという事も可能かもしれないが、残念ながらその方法は封印されている。

となると、夕食の時くらいしか会う機会が無いだろう。だが、そこには恐らく、エンテ王女以外の人も並ぶはずだ。ミラノとエンテ、そして自分の三人だけでごり押しするほうがベターなのだが。そんな事を考えつつ、セレネが無い知恵を必死に絞っていると、不意にドアをノックする音が響き、それとほぼ同時に、荒々しくドアが開かれた。

「お嬢ちゃん、ご機嫌はいかが？」

部屋に入るや否や、エンテは猫撫で声でセレネに話し掛けた。それから固くドアを閉め、音が漏れない事を確認し、セレネの元へと近づいていく。

「エンテ、おうじょ？」

何という僥倖。どうやって会おうかと思っていたエンテ王女が、自ら出向いてきてくれたのだ。

「ちょっと、お話ししたい事があるんだけど、大丈夫かしら？」

「おはなし、わたしも、したい！」

やはり神は正しい者の味方なのだと、セレネは微笑んだ。エンテも先ほどから張り付いたような笑みを作っている。相変わらずカマキリみたいな笑顔だが、これが彼女の素面なのだろうと、セレネは特に気にしなかった。

しかし、口元は笑みを浮かべているエンテ王女だが、その目は、まるで仇敵を見るように冷め切っている事に、今のセレネは気付いていなかった。

エピローグ

柔らかな月明かりの差し込む部屋、アルエは自室のランプの明かりを頼りに、手紙を読んでいた。手紙は二通あり、一つはヘリファルテ留学に必要な事務連絡であるが、アルエにとってはもう一つの手紙のほうが重要であった。

「セレネ、元気でやっているみたいね」

ミラノ王子の直筆のその手紙は、ヘリファルテのセレネの様子を纏めた報告であった。事務連絡の書類より分厚いその手紙からして、セレネは随分と大事にされているらしい。

正直な所、アルエは、セレネをヘリファルテに送った事が、本当に正しかったのか少し不安だった。セレネは殆ど他人と触れ合う機会が無く、まして大陸最大の国、それも王宮に住まうというのだから、以前のようにストレスで髪を切ったり、自傷行為に走ったりしないだろうか。

ミラノ王子は信頼出来る感じはしたが、妹のマリーベル王女はかなり癖の強い人物だという事は、辺境であるアークイラにまで轟いている。

牢獄のような一室に閉じ込めておくよりは遥かにましだろうが、自分と引き離し、きちんとやっていけるだろうか、寂しくて毎日泣き暮らしているのではないかと思うと、アルエは胸を締め付けられるような気持ちで、眠れぬ毎日を過ごしていた。

「でも、杞憂(きゆう)だったみたいね」

ミラノの手紙の内容を読めば読むほど、アルエの口元が緩んでいく。セレネはまだ外の環境に慣れていないだろうに、自分で出来る事を見つけて精一杯にこなし、恩人であるミラノ王子に、彼女なりの献身をしているらしい。

「本当、セレネは頑張り屋さんね」

さらにセレネは、気難しいマリーベル王女と、永遠の友情の契りを交わしたらしい。マリーベル王女がそんな事をしたのは、後にも先にもセレネだけなのだとか。

何より驚いたのは、ミラノ王子に対し、セレネが毎日のように昼食を作っているという事だ。

「あの子、いつの間に料理なんて覚えたのかしら？」

監禁生活を送っていたセレネに、そんな技能を学ぶ機会がある訳が無い。だとしたら、監禁される以前、ほんの子供の頃に食べた料理の味を記憶していて、そこから推測し、自己流で編み出したとしか思えない。だとしたら、常人離れした記憶力と想像力だ。

「あの子と私が逆だったら良かったのに」

アルエは寂しげに、ぽつりと呟いた。セレネと自分では、セレネのほうが遥かに才気に溢れている事を、アルエは自覚している。時々、セレネのほうが年上に見える事すらある。自分ではなく、セレネが姉として普通に生まれていたほうが、遥かに指導者として適任だっただろうに。頼れるお姉さんとして振る舞うのも、セレネに対する愛情だけではなく、優秀な妹に負けたくないという気持ちもある。

「私も負けてられないな」

こうして一通りセレネの報告を読み終わると、アルエはもう一通の手紙、ヘリファルテへの留学準備の手続きを記された書類に目を通す。こちらは思っていたより簡素な内容で、旅立ちに必要なものや、迎えの使者を出す時期などが纏められていたので、アルエはすぐに記憶した。

華の都ヘリファルテ大学への留学は、大陸中の貴族の憧れの的だ。けれど、自分のような小国の姫には一生縁などないだろうとアルエは諦めていた。その道を、成り行きとは言えセレネが開いてくれたのだ。

セレネは、大国ヘリファルテの超一流階級を相手に、孤軍奮闘している。ならば、自分もそれに応えねばならない。

「私もセレネに負けないよう、立派なお姫様にならなきゃね」

二通の手紙に目を通し終わると、アルエは窓の外に浮かぶ満月を眺めた。太陽の輝きとは違い、月は柔らかな光で、夜道を進む者を優しく導いてくれる。今の自分達には、これくらいの明かりが丁度いい。月が沈むのと同時に、世界が朝日に包まれ、少しずつ輝いていくように、セレネと自分の世界も広がっていくのだろう。そう思うと心が弾む。

「でも、ちょっと妬いちゃうなぁ」

もう一度分厚い手紙の束を手に取り、アルエは苦笑する。これだけ熱気の篭ったミラノ王子の手紙を読むと、まるで惚気話を聞かされているようだ。もしかしたら、自分がヘリファルテに行ったら、セレネとミラノ王子のお邪魔虫になってしまうかもしれない。

「ヘリファルテに留学したら、二人の邪魔にならないようにしなきゃね」

セレネは小さいとは言え、精神的には随分と成熟している。恩人であるミラノ王子は、大陸に並ぶ者無しと言われるほどの逸材だ。そこに割って入るほど、アルエは野暮ではない。

大国の第一王子と、忌み子扱いされていた小国の第二王女では、随分と身分が違う。それはアルエも自覚している。

けれど、もしもセレネがミラノ王子と結ばれるなら、それはまるで子供の頃に読んだ絵本のようで、とても素敵な事だと思う。

「セレネ、お姉ちゃん、応援してるからね」

この空の下、同じ月を見ているであろう最愛の妹に対し、アルエは祝福の言葉を投げ掛けた。

番外編　守るべきもの

「え？　剣を習いたい、でござるか」

「そうよ、いいでしょ？」

姫の中の姫である私、マリーベル様が、わざわざ暑苦しい修練場まで出向いてお願いしてあげたのに、目の前の大男、クマハチは変な顔で固まった。

「マリーベル王女が剣を習う意味が、拙者にはよく分からんのでござるが……」

「私、兄さまを見返してやりたいの。兄さまは剣も凄いし、頭もいいし、かっこいいけど、お裁縫や絵画はそれほどでもないでしょ？　だから、私が剣を覚えれば、兄さまより出来る事が増えるじゃない」

「しかし、マリーベル王女が剣というのは、どうにもなぁ」

「何よ？　私が頼んでるのにダメだっていうの？」

ヘリファルテの兵士達はみんな凄く強い。その中でも、クマハチはずば抜けていて、兄さまの旅のお供の纏め役に選ばれるくらい凄いのだ。でも、いつも兄さまと一緒にいるから、捕まえられる機会があんまり無い。

「姫の頼みとあらば仕方あるまい。では、王子が次の旅の準備をする間、稽古をつけてさしあげよう」

「ほんと⁉　やったぁ！」

しぶしぶって感じだったけど、クマハチが首を縦に振ったので、私は思わずはしゃいでしまった。他の訓練してる兵士が何事かと目を向けたので、私は恥ずかしくなって、すぐに馬車に引っ込んだ。

今、兄さまは大陸中の国を渡り歩いて、色々なものを見たり聞いたりする事を父さまから命じられてる。私にはよく分からないけど、見た事も無い広い世界を歩き回れるのは、凄く羨ましいし、出来れば私だって行ってみたい。

それなのに、兄さまはたまに王宮に帰ってくると、いっつも疲れた顔で、ろくに私の相手もしないでまた次の旅に出ちゃう。美味しい食べ物を食べたり、綺麗な景色を見たり、色々な人とお話出来るのに、何が疲れるんだろう。

「きっと、私を騙してるんだわ」

兄さまは何でも出来る超人だ。もっと小さい頃は、兄さまは私にとって自慢だった……ううん、今でも自慢に思ってる。けれど、私ももう十歳だ。大人達が私をどう思ってるか、何となく理解出来る。

父さまや母さまと一緒に、貴族のパーティに顔を出す事も多くなったけれど、父さまの前では私を素敵なお姫様みたいに言うくせに、誰もいない所では、私の事を兄さまの残り物みたいに言っている。こういうのを、シャコージレーって言うのを、賢い私は知っているのだ。

私だって兄さまと同じ血を引いているし、見た目だって可愛いし、体力が無い訳じゃない。やらせてもらえないだけで、出来る事は一杯あるはずだ。

私が兄さまと同じくらい強くなれば、もしかしたら旅に連れていってもらえるかもしれない。何より、色々な事が出来るようになれば、誰も私を馬鹿になんてしないはずだ。


次の朝、私は早速、修練場の隅っこで、クマハチと一緒にいた。私の姿を見た訓練兵の皆は、不思議そうにちらちら見るけれど、そんな事に構ってはいられない。クマハチが次の旅に出てしまうまで、恐らく一週間も無いのだから。それまでに奥義みたいな物を教えてもらわないと！

「さあ！　さっそく剣を教えてちょうだい！　まず、何をすればいいのかしら？」

「そうでござるなぁ……まずは」

「まずは？」

「ドレスを脱ぐところから始めるのが、いいと思うのでござるが」

そう言われて、私はお気に入りの薔薇色のドレスを脱がされて、馬車の中で、ぼろ布(きれ)みたいな布の服に、ごつごつする皮製の防具を着けさせられた。

「重い！　ごわごわする！　汗臭い！」

「そりゃあ、訓練に使う物は安全第一でござる。どうする、嫌ならやめても構わんのでござるが」

「やるわよっ！」

こんな事でへこたれてはいられない。私は強くてかっこいいお姫様になって、兄さまを追い抜かなきゃならない。多少汚くても、しんどくても我慢する。ああ、私ってば偉い！

「では、今日は模擬刀を使うとしよう。さ、これを持つでござる」

そう言いながら、クマハチは右手に持っていた短い剣を私に手渡した。刃渡りは三十センチくらいだけど、研がれていなくて、物を切ったり出来ないらしい。訓練を始めたばかりの少年達が使うものらしい。

「ちょっと！　父さまが持ってる、かっこいい大きな剣みたいなのがいいわ！」

「何事も基本が肝心でござるよ。絵画や裁縫も、下地を作るところから始めるでござろう」

「むぅ、分かったわよ」

一応、ここではクマハチが師匠だ。あんまり駄々をこねて臍を曲げられても困るし、初日だから大目に見てあげよう。仕方なく私は、その冴えない剣を受け取り――。

「お、重っ⁉」

「おっと」

両手で受け取ったのに、その剣はずしりと重くて、私は前のめりに転びそうになった。クマハチが慌てて支えてくれたので、何とか転ばずに済んだけど。

「な、なにこれ⁉　すっごい重い！」

「それはヘリファルテの剣の中で、一番軽い奴でござるがなあ」

「ええっ⁉」

クマハチや兄さまの修行を何回か見た事があるけれど、この倍以上に長い剣を、ぶんぶん振り回していた。周りの兵士達も、それぞれ得意とする武器を軽々と使いこなしている。

「おかしいわよ！　何でみんな、こんなのを棒切れみたいに振り回してるのよ！」

「それが兵士の務めでござるからな。さ、では早速、その剣で素振りを開始するでござる」

「わ、分かったわよぉ……」

持ってるだけで精一杯なのに、これを振り回せなんてクマハチは無茶を言う。でも、負けていられない。

「では、まずは上段から一気に振り下ろしてみようか、さて、姫の剣線はいかほどかな」

「上段って、頭の上から振りかぶる奴よね？　よぉし！」

渾身の力を篭めて、私は思いっきり剣を頭の上に振り上げて——。

「わわわっ⁉」

剣を振り上げた勢いに抵抗出来ず、私は思いっきり後ろに倒れた。肝心の剣は、私の腕からすっぽ抜けて、後ろのほうに転がった。周りに人がいないから誰にも当たらなかったけど、そんな事より、今は地面に打ったお尻が痛い。

「い、痛い」

「マリーベル王女　大丈夫でござるか？」

「うう……もう、何で上手く出来ないのよっ！」

お尻も痛いけど、それよりも心のほうがずっと痛い。私は土の上に尻餅をついたまま、皆の前だというのにぐずぐずと泣いてしまった。凄くかっこ悪いけど、どうにも涙が抑えられない。

「始めから物事を上手く出来る人間など、この世におらんでござるよ」

「嘘！　兄さまは出来たもん！」

兄さまが今の私より小さい頃、大人相手に剣を振っていた事があったのを、おぼろげに覚えている。あの時の兄さまは確かに弱かったけど、少なくとも、振り上げた剣がすっぽぬけて、お尻を打つなんて無様な真似はしなかったはずだ。

「やっぱり私、出涸らしなのね……」

兵士達が回りにいるにもかかわらず、私は両手で顔を覆って泣いてしまった。強くなりたい。強くなれば、みんな私の事を見てくれるのに、でも、出来ない。

私はずっと、兄さまの出来損ないなんて言われて過ごさないとならないんだろうか。

しばらくそうしていたけれど、すすり泣いている私を、クマハチがそっと抱きかかえて、木陰の下で顔を手ぬぐいで拭ってくれた。

クマハチは顔は怖いし、見た目も喋り方も変だし、最初にドージョー破りとかいう理由でヘリファルテ王宮に来た時は、山賊が攻めてきたのかと思ったくらいだ。でも、本当は凄く優しくて、そういう所は、父さまや兄さまによく似ている。

「剣は重かったでござろう」

「え?」

私の腫れた目を冷たい布で拭いながら、クマハチがそんな事を言い出した。

「マリーベル王女の兄、ミラノ王子が剣を振り続けられるのは、彼が剣術を愛しているのもあるが、マリーベル王女も含め、大事な物を守るため、戦う力が必要だからでござる」

「大事な物を、守るため?」

「まあ、マリーベル王女は、無理をして剣を握るより、己の宿命を大事にしたほうがよいでござるがなあ」

「しゅくめい？」

あまり聞いた事の無い言葉で、私はオウム返しに聞き返してしまった。クマハチは軽く頷いて、その言葉の意味を教えてくれる。

「人にはそれぞれ、持って生まれた役割があるという意味でござるよ。マリーベル王女は裁縫や絵画が得意でござろう？　けれど王子にその才能はあまり無いでござる。マリーベル王女には、王女にしか出来ない事があるのでござる」

「そういえば、前に父さまと母さまが、同じような事を言っていたわ」

確か、力が無いからって悲しむ必要は無い。そして、そんな私でも必要としてくれる人が、いつかきっと現れる、そういうお話だった気がする。

「分かったわ」

「おお！　それはめでたい！　さすがはマリーベル王女でござる。だから、これからはミラノ王子にもう少し優しく……」

「ねえクマハチ、妹ってどうやったら手に入るのかしら？」

「……は？」

クマハチが口を開けて馬鹿みたいな顔になってるけど、そんな事はどうでもいい。確かに、クマハチが言う通り、私に剣は向いてないみたい。でも、こんな暑苦しくて痛い思いをするのも嫌だし、もっといい方法を思いついた。

「やり方が間違ってたわ！　確かに得意なものを伸ばすべきね！　それで、その得意な物を妹に教えるの！　これなら、兄さまとは別の手段で強くなれるわ！」

「いや、しかし、何故妹でござるか？」

「父さまや母さま、それに兄さまが強いのは、私を守っているからだって言ったじゃない。という事は、私にも妹が出来ればいいんじゃないかしら！　そうだ！　今度の旅のお土産に、兄さまには妹を頼もうっと！」

「それはその、なんと言うか……願いが叶うといいでござるなぁ」

「えへへ、そうすれば私もきっと立派なお姫様になれるわ！　いけない！　こんな暑苦しい事してる場合じゃないわ！　さっそく計画を練らなきゃ！　あ、それ片付けておいてね！」

私は暑苦しい防具を地面に脱ぎ捨てて、待たせておいた馬車の中ですぐにドレスに着替える。うん、やっぱりこっちのほうが私には合ってる。

「うーん、妹は欲しいけど、どんな子がいいかしら」

部屋に戻った私は、兄さまに頼むため、妹の注文書を書く事にした。

真っ先に思い浮かんだのは白猫のミーアだ。あの時は小さかったから上手く世話出来なかったけど、私は本当にあの子が好きだった。出来れば、あんな感じの、白くて、ふわふわで、ぎゅっとしたくなるような雰囲気の子がいい。

「そうねぇ……貴族の見栄っ張りな子は嫌。あと、私と並んでも見劣りしないくらい可愛くないと駄目ね。あ、でも、単に可愛いだけでも駄目だわ。見てくれだけの馬鹿な子なんて沢山いるもの。大人しくて、賢くて、優しくて、素直で、ええと、ええと……」

気が付いたら紙が何十枚にもなっていたし、文字だけだと分かりづらいから、きちんとこんな感じって絵も描いて付けておいた。私ってば親切ね。本当はもっと要望があるけれど、私は謙虚だから、このくらいで妥協しておこう。こうして丸一日かけて作った、ちょっとした本くらいの厚さになった理想の妹リストを兄さまに渡す。

兄さまは今まで見た事無いほど変な顔になって、「前向きに検討する」とだけ言った。

まあ、この私に愛されるだけの妹を見つけるのは難しいだろうし、物じゃないから時間が掛かるかもしれないけど、兄さまなら、きっと素敵な妹を連れてきてくれるだろう。

正直な所、私には、守るべき物っていう物自体が何だかよく分からない。けれど、尊敬する父さまや母さま、それに兄さまもクマハチも、みんな口を揃えて同じ事を言うんだから、きっと間違いないんだろう。

いつか私に妹が出来たら、うんと可愛がってあげよう。それで私が強くて、立派な、本当の意味で、姫の中の姫になるために、その子をしっかり守ってあげなくっちゃ。私はお姉ちゃんになるんだから。

——ところで、妹ってどこからどうやって来るのかしら？

あとがき

初めまして。青野海島（あおのうみどり）です。

この文章を読んでいるという事は、『夜伽の国の月光姫』をお手にとっていただいているという事で、本当にありがとうございます。

本編を読んでここに辿り着いた方は、あんな物語を読まされたのに、まだこんな怪文書が載っているのかと思われたでしょうか。あとがきから先に目を通した方は、タイトルとイラストからは想像できない世界が広がっていると思われますので、是非、目を通して見て下さい。

さて、本作ですが、表面上は「不遇な扱いを受けていた小国のお姫様が、偶然、大国の王子に発見され、光り輝く栄光の道を歩いていく」というシンデレラストーリーなのですが、主人公のお姫様の中身は、実は現代日本育ちのろくでなしの中年男性であり、シンデレラストーリーがぶち壊しになるけど、誤解に誤解が重なり、結果的にプラスになるという、よく分からないコメディです。

これを聞いて、なんて馬鹿馬鹿しい物語なんだと思われた方もいるでしょう。はい。その通りです。この物語は、馬鹿馬鹿しく、荒唐無稽で、読むと人生のためになるとか、全米が泣いたとか、今世紀最高の超大作とか、そういった類の物ではありません。

本作は「小説家になろう」というサイトで連載を開始した物で、話自体は比較的短く纏まっていて、気軽に読める、勘違い系お笑いファンタジーとして認識されています。

ですが、実を言うと、初期の構想では「貴族の愛玩動物として買われた少女が、影を操る邪悪な精霊の力を使い、復讐の戦いに身を投じる」という、真逆の方向性のダークファンタジーの予定でした。

それが何故こんなコメディになったかと言いますと、構想を練っているうちに鬱々としてきて、「何故、こんな暗い気持ちで作品を書かねばならんのだ。そもそも、自分は楽しくて小説を書こうと思ったのではないのか」と言う疑問が浮かんできたからです。

そうは思いつつも、綿密な設定と、重厚な世界観、難しい漢字とか、古典的な表現を沢山使ったファンタジーを書いた方が、頭が良さそうというか、格好良く見えるという、今思えば、見栄のような部分もあった気がします。

そんな訳で、リアリティのある世界観を作るため、適当に目に付いた中世の資料を読んでいたのですが、現実の方が余程いい加減というか、馬鹿馬鹿しい部分が多数ある事に、僕は仰天しました。例えば中世の騎士です。

一般的なファンタジーでは、礼節を重んじる格好いいキャラクターの代名詞で、美しい姫や、忠義を尽くす者のため、一対一で決闘をする、みたいなイメージを勝手に持っていたのです。

しかし、騎士の源流を辿ると、喧嘩が強い奴が「騎士」と呼ばれるようになり、戦争が終わると無職になったので、山賊になって村人を襲ったりだとか、騎士同士の戦いでは、百人くらい闘技場に纏めてぶち込み殴り合いをさせ、最後まで立っていた奴が、他の連中の装備をはぎ取って生活の足しにしたそうです。しかし、そんなことばかりやってたせいで、死人や怪我人が大量発生し（当たり前だ）、それ以降、僕達のイメージする模擬戦のようなトーナメントが出来たとか、医者が医療知識をまるで持っていなかったので、医者に手当てされた人間の方が感染症で死ぬ確率が高かったとか、そういうエピソードが沢山ありました。

それを読んだ僕は爆笑してしまい、何だか小難しく考えるのが馬鹿らしくなりました。「なんだ、現実でこんな頭の悪い事をやっているのだし、ファンタジーは空想の世界なのだから、もっと自由で、好き勝手で、滅茶苦茶だっていいじゃないか。お前は面白い物が好きなんだろう」そう思うようになったのです。

そうして僕は、暗い復讐劇を解体し、何も考えず、思うがままにゲラゲラ笑えるような物を書こうと思いました。悲劇の少女の中には、本能のまま暴れまわるおっさんが入り込み、ある意味、初期の構想よりひどい存在に生まれ変わりました。

王子様と、その側近という関係だと普通すぎて面白くないという理由で、側近の騎士は十秒で侍にジョブチェンジしました。影を操る邪悪な精霊は、おっさん姫に寄り添う、鼠の執事になりました。

こうして「夜伽の国の月光姫」として転生を果たした本作は、実際に書いてみるとやはり楽しく、僕が想像していたのより遥かに多くの読者さんに恵まれました。さらに幸運な事に、こうして書籍化のお誘いまでいただき、本当に驚きの連続でした。

ただ、お詫びしなければならないこともあり、本当に好き勝手に話を進めてしまった部分が多々あり、TOブックスの皆様、及びイラストレーターのｍｉｙｏ．Ｎ様には多大な負担を掛けてしまったと思います。そんな僕に対し、責める事も無く、むしろ率先して好きな事を書いて欲しいと言っていただけたことに、深く感謝しております。

自分一人で好き勝手に創作をするのは、それはそれでとても楽しいのですが、編集さんやイラストレーターさん、そして読者さんは、僕とは違った視点を持っており、それらが上手く噛み合うと、自分一人で作っていたものより、ぐんと作品の世界が広がることに、僕自身驚いております。

二巻もそれほど遠くないうちに出る予定ですが、勘違いされたまま進んでいくセレネと、周りの人間達の関係はさらにややこしくなります。登場キャラクターも増え、セレネを取り巻く環境も変化していきますが、セレネの間抜けな思惑とは裏腹に、物語はどんどん加速していきます。でも、全編通してコメディで書かれていくので、二巻以降も相変わらず暴走していく事でしょう。

先ほども書きましたが、この作品は、馬鹿馬鹿しく、荒唐無稽で、読むと人生のためになるとか、感動の超大作とか、そういった類の物ではありません。自分で書いておいてなんですが、むしろ読むと頭が悪くなる気さえします。

ですが、何も考えず、ただ単に「こいつ馬鹿だなぁ」と笑い飛ばし、読者の皆さんが少しでも楽しい時間を過ごせたのであれば、この作品は十分に価値があるのではないでしょうか。

作者としては、本作を読んでいただいた皆様の記憶に残り、あわよくば本棚のスペースを長い間占有することになれば望外の喜びではありますが、それを期待するのは、少しばかり贅沢な気もします。

本作は沢山の偶然と幸運、そして、様々な人の力を借りて書籍になりました。

「何か分からない事はありますか」という質問に対し、「何もかも分からない」という僕の間抜けな回答に、笑うことなく誠実に対応していただいたTOブックス編集長様。

具体的な書籍化作業に携わり、僕の苦手とする細かい校正や、表現に対し的確なアドバイスをくれた担当編集様。

マニアックな動物や、「セレネは全体的に白っぽい感じで」などとアバウトな指定を出したにも関わらず、僕が想像している以上に特徴を捉え、美麗なイラストを描いてくれたm.iyo.N様。

小説家になろうで応援して下さった皆様、この本を手にとって下さった皆様。それだけではなく、印刷所の皆様、書店員の皆様、配送の皆様……細かく考えていくと、数え切れない程の膨大な人に支えられています。それ自体がまるで奇跡のようで、何とも感慨深い物ですね。

この本に関わった全ての皆様に、心からの感謝を贈らせていただきたく思います。

そして、願わくば、また二巻でお会いできることを期待しております。

二〇一五年十月　青野海鳥

姉の貞操を

そんなセレネに壁が立ちはだかる! 姉を狙う(?)性王子に引導を渡したいセレネ。竜虎相うつ勘違いバトルの行方はいかに!?

うおのれぇぇぇ
性王子めぇぇ

『夜伽の国の月光姫2』

夢見て、
変える!
ジー!
転生
I
アップルパイは笑顔と共に
絶賛発売中!
II
蜂蜜の月
2015年11月20日
怒涛の
2ケ月
連続刊行!
書き下ろし
短編収録!

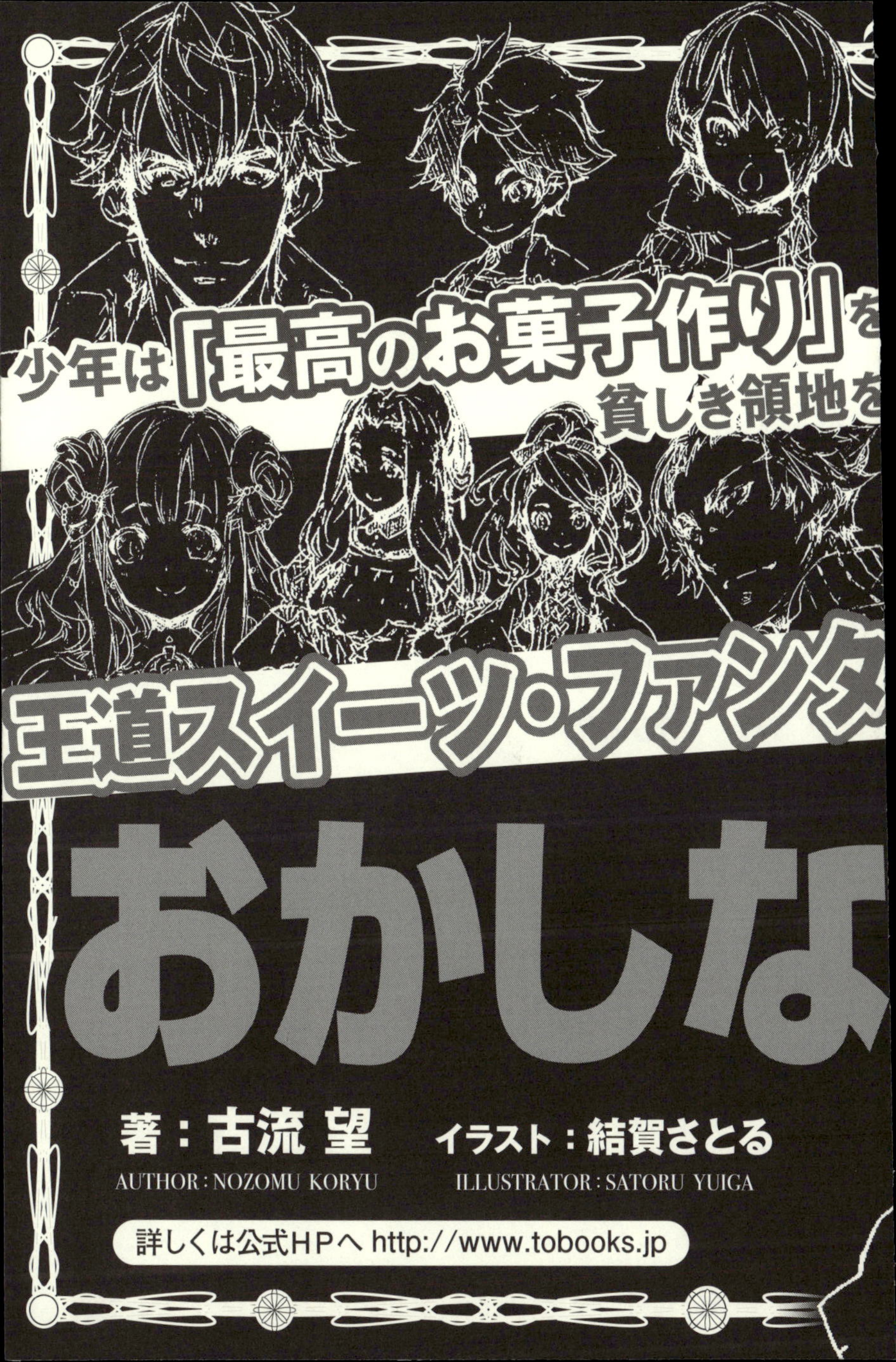
少年は「最高のお菓子作り」を
貧しき領地を
王道スイーツ・ファンタ
おかしな
著：古流 望
AUTHOR：NOZOMU KORYU
イラスト：結賀さとる
ILLUSTRATOR：SATORU YUIGA
詳しくは公式HPへ http://www.tobooks.jp

夜伽の国の月光姫

2015年11月1日　第1刷発行

著　者　青野海鳥

発行者　東浦一人

発行所　TOブックス
〒150-0045
東京都渋谷区神泉町18-8　松濤ハイツ2F
TEL 03-6452-5678(編集)
0120-933-772(営業フリーダイヤル)
FAX 03-6452-5680
ホームページ　http://www.tobooks.jp
メール　info@tobooks.jp

印刷·製本　中央精版印刷株式会社

ISBN978-4-86472-430-2